庫

文庫書下ろし／長編時代小説

紅《くれない》川《がわ》疾走

剣客船頭(九)

稲葉　稔

光　文　社

この作品は光文社文庫のために書下ろされました。

『紅川疾走』目次

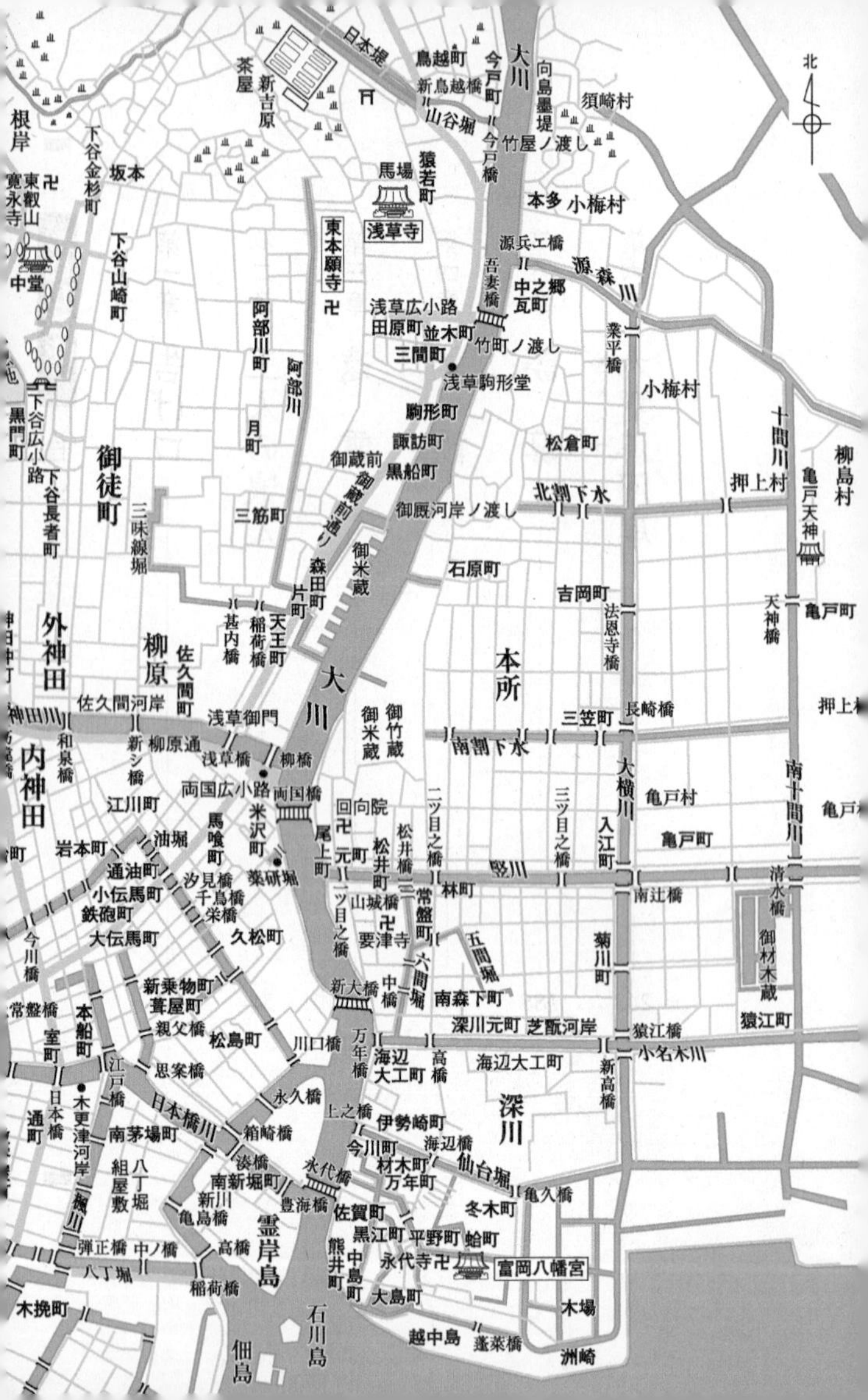

日本堤
鳥越町
今戸町
大川
向島墨堤
須崎村
北
茶屋
新吉原
新鳥越橋
山谷堀
今戸橋
竹屋ノ渡し
根岸
下谷金杉町
坂本
馬場
猿若町
本多
小梅村
東叡山寛永寺
浅草寺
東本願寺
源兵エ橋
中堂
下谷山崎町
吾妻橋
源森川
中之郷瓦町
阿部川町
浅草広小路
田原町
並木町
竹町ノ渡し
業平橋
三間町
浅草駒形堂
阿部川
小梅村
駒形町
下谷広小路
黒門町
月町
諏訪町
十間川
柳島村
御徒町
御蔵前
黒船町
松倉町
押上村
亀戸天神
下谷長者町
三味線堀
三筋町
御蔵前通り
北割下水
御厩河岸ノ渡し
森田町
御米蔵
石原町
吉岡町
片町
天神橋
亀戸町
外神田
甚内橋
稲荷橋
天王町
法恩寺橋
柳原
佐久間町
本所
大川
佐久間河岸
神田川
浅草御門
御竹蔵
御米蔵
長崎橋
三笠町
和泉橋
新シ橋
柳原通
浅草橋
柳橋
南割下水
内神田
両国広小路
両国橋
回向院
二ツ目之橋
三ツ目之橋
大横川
亀戸村
南十間川
江川町
馬喰町
米沢町
松井橋
入江町
亀戸町
岩本町
油堀
尾上町
元町
松井町
通油町
薬研堀
竪川
林町
清水橋
汐見橋
千鳥橋
小伝馬町
鉄砲町
栄橋
一ツ目之橋
山城橋
常盤町
南辻橋
大伝馬町
久松町
要津寺
五間堀
菊川町
御材木蔵
今川橋
新大橋
中橋
六間堀
新乗物町
葺屋町
南森下町
常盤橋
本船町
親父橋
深川元町
芝翫河岸
猿江橋
猿江町
松島町
川口橋
万年橋
海辺大工町
高橋
小名木川
室町
思案橋
新高橋
江戸橋
日本橋
木更津河岸
通町
永久橋
深川
上之橋
伊勢崎町
日本橋川
箱崎橋
南茅場町
海辺橋
今川町
仙台堀
材木町
湊橋
組屋敷
八丁堀
南新堀町
永代橋
万年町
亀久橋
新川
亀島橋
豊海橋
佐賀町
冬木町
楓川
霊岸島
黒江町
平野町
蛤町
弾正橋
中ノ橋
高橋
熊井町
中島町
永代寺
富岡八幡宮
八丁堀
稲荷橋
大島町
木場
木挽町
石川島
越中島
蓬莱橋
佃島
洲崎

主な登場人物

沢村伝次郎 元南町奉行所定町廻り同心。辻斬りをしていた肥前唐津藩士・津久間戒蔵に妻子を殺される。その上、探索で起きた問題の責を負って自ら同心を辞め船頭に。仇の津久間をようやく討ち果たした。

千草 伝次郎が足しげく通っている深川元町の一膳飯屋「めし　ちぐさ」の女将。伝次郎の「通い妻」。

お幸 「めし　ちぐさ」で働いている小女。

政五郎 船宿「川政」の主。伝次郎と懇意にしている。

利兵衛 大坂から江戸に出てきた商人。伝次郎を気に入って、仕事の相方として頼ってきている。

精次郎 利兵衛の用心棒。

田辺弥一郎 千草の兄。

尹三郎 駒留の尹三郎。柳橋の老舗料亭「竹鶴」の後ろ盾となっている。

小平次 深川六間堀町、中橋の側の船大工。伝次郎の舟が老朽化したため、新造舟を伝次郎が依頼した。

喜八郎 伝次郎と同じ長屋の隠居老人。毎日町内で暇をつぶしている。

角右衛門 柳橋の老舗料亭「竹鶴」の主。

嘉兵衛 伝次郎の舟の師匠。

剣客船頭㈨

紅川《くれないがわ》疾走

第一章　告げ口

一

　なんとまあ、がやがやと、相も変わらず騒がしいのが湯屋である。千草《ちぐさ》が浴衣《ゆかた》姿で湯屋の暖簾《のれん》をくぐったのは、まだ日のある夕暮れ時だった。

　高座《こうざ》（番台）に金を払って脱衣所になっている板間にあがると、ちょんと拍子《ひょうし》木《ぎ》が鳴らされた。月極《つきぎめ》で湯銭を払っている客が、千草のあとからやって来たからだ。すぐさま三助《さんすけ》があらわれ、湯桶《ゆおけ》と糠袋《ぬかぶくろ》をその客にわたしにきた。

　千草は帯をほどき、浴衣を脱ぎにかかる。その間もあちこちで、おかみたちが世間話をしてはあかるく笑っている。連れてきた子供に、着物を着せているおかみもいる。

裸になった千草は、手拭いで前を隠して滑らないように、勾配《こうばい》のついた流し板を用心深く歩き、石榴口《ざくろぐち》に向かう。

肌を桃色に火照《ほて》らした若い娘が、石榴口から出てきた。その向こうに湯舟がある。千草はちらりとすれちがう娘を見て、自分の年を思い知った。

肌の艶《つや》と張り、崩れていない胸。千草も同年代の女たちに比べれば、ずっと若々しい体を保っているが、さすがに若い娘にはかなわない、と兜《かぶと》を脱ぐしかない。

石榴口を入ると、体全体を湯気が包みこんでくる。暗いので人の顔ははっきり見えない。それでも、連れ立ってきたおかみらが、ぺちゃくちゃとかしましくお喋りをしている。

亭主の話だったり、長屋の話だったり、子供の話だったりといろいろだ。

千草はそんな話を聞くともなしに聞いて、ゆっくり湯舟に浸かる。店を開ける前に、ほんの束の間くつろげるのが湯屋だった。

湯につかれば体の内側から疲れが抜けてゆき、新たな力がわいてくる気がする。髪も洗いたいが、湯屋では禁止である。それに、乾かして髷《まげ》を整える時間もない。

肩まで湯に浸かり、うっとりしたように目をつむる。なぜか、伝次郎《でんじろう》の顔が脳裏《のうり》に浮かび、妙にうずくように下腹が熱くなった。はっと、千草は目を開けた。

（わたしとしたことが……）

内心でつぶやき、苦笑を浮かべる。

湯から上がり、糠袋を使って丹念に体を洗っていった。ときどき、隣で体を洗っている四十大年増《おおどしま》のおかみに目がいったり、若い娘に目がいったりした。そのたびに、千草は自分の体と比べてしまう。

四十年増の体は締まりがなくなり、肉がだぶついている。腹や腰のまわり、そして太股《ふともも》にもたっぷり贅肉《ぜいにく》がついている。若い娘とは大ちがい。

では、自分はどうだろうかと、洗っている乳房をそっと眺める。湯で火照った乳房はうす桃色に染まっている。大きくはないが、張りはあるし形も崩れていない。

千草はついでに腰から太股のあたりに、手を這《は》わせてみた。腰には幾分肉がついているが、太股には余分な肉はない。

（やっぱりわたしも女なのね）

と、思う矢先に、年は取りたくないと思う。

体を洗い上がり、湯を使って板間に戻り、湯文字《ゆもじ》を腰に巻いたとき、男湯から怒鳴り声が聞こえてきた。喧嘩《けんか》でもはじまったかと思ったが、どうもそうではない。さかんにひとりの男を罵《のの》り、「そいつを押さえろ」「とんでもねえ野郎だ」などという声が聞こえてくる。

騒がしかった女湯も、それで一瞬静かになった。みんなしばらく騒ぎの声に聞き耳を立てていたが、

「板の間稼ぎだよ。いやだね」

と、誰かが声を漏らした。男湯の騒ぎも静まっていた。

板の間稼ぎとは、自分は粗末な着物を着てきて、金になりそうな他人の着物を着て、素知らぬ顔で帰るもののことをいう。

千草が湯屋を出たとき、その板の間稼ぎが片腕を後ろにねじりあげられて、二人の男に捕まえられていた。

「いま親分が来るから、観念しやがれ」

捕まっているのは中年の男だった。しょぼくれたように立ち、情けない顔でうなだれていた。

（しようもないことを……）

千草は男たちの前を通り過ぎて心中でつぶやいた。

板の間稼ぎは、最悪、顔に黒い煤《すす》を塗られ、晒《さら》しものにされる。だが、大概は町内の岡っ引きから目玉をもらって解き放たれるのがほとんどだった。

空にはまだ日の名残《なごり》があった。西のほうに浮かぶ雲は、朱から薄紫に変じようとしていた。雲間から地上に射す一束の光が、ゆっくり薄れようとしていた。

千草は自分の店に戻ると、子持縞《こもちじま》の銘仙《めいせん》の小袖に着替え、前垂れを腰に巻き、つぶし島田を両手で軽く整え、それから暖簾を取って表に出た。

暖簾には「めし　ちぐさ」と染め抜かれている。ひょいと踵《かかと》をあげて伸びあがり、暖簾を掛ける。

「千草」

背後から呼び捨てにされたので、千草は振り返った。野太い声をかけてきた男の顔は、暮れかかる空の夕靄《ゆうもや》に遮《さえぎ》られてよく見えなかった。

「おれだ、忘れちゃいまい」

千草が小首をかしげると、男はそういって一歩近づいてきた。とたん、千草は目をみはって驚いた。

二

「兄さん」

男は千草の長兄・弥一郎《やいちろう》だった。

「まさかと思ったんで、びっくりしたんですよ。ひとり……」

千草はそういって弥一郎の背後を見たが、妻や子らしき姿はなかった。

「ひとりだ。邪魔していいか」

弥一郎は店を見て聞いた。

千草はどうぞといって、弥一郎を伝次郎がいつも座っている小上がりにあげ、板場に下がって茶の支度をはじめたが、酒がいいだろうと思いなおした。

弥一郎に会うのは六、七年ぶりだ。父の跡を継ぎはしたが、仕官《しかん》はかなわず浪人身分のまま家を出ていた。

その後、何度か便りをもらって、上総《かずさ》の剣術道場に勤め、妻を娶《めと》り子をもうけたまでは知っていたが、ここ数年は音信不通だった。

千草は酒の用意をしながら、ちらちらと弥一郎を眺めた。千草とは七つちがいだから、すでに三十半ばを越している。千草の上にはもうひとり兄がいたが、病で早世《そうせい》していた。

「よく、ここがわかりましたね」

千草は酒を運んでから弥一郎にいった。そのまま酌《しやく》をしてやる。

「江戸はおれの生まれ故郷だ。手紙をもらったときから見当はついていたさ」

弥一郎はそういって猪口《ちょこ》を口に運んだ。よく日に焼けていて健康そうだが、表情は冴《さ》えない。それに、髷は乱れているし、着物もよれていた。

「奥さんと子供は、子供の名はたしか定吉《さだきち》でしたね」

「うむ。妻と子は椎津《しいづ》にいる」

「それじゃ江戸には仕事かなにかで……」

弥一郎はゆっくり酒に口をつけて、しばらく黙り込んだ。椎津とは鶴牧《つるまき》藩水野《みずの》家の陣屋がある場所である。

「うまくいってるか？」

弥一郎は千草の問いには答えずに、顔をあげて逆に聞き返してきた。

「女ひとりですから、とくに不自由はしていません」

「亭主は死んだのだったな。いい指物師《さしもの》だったのに……もったいないことだ」

あれ、と千草は思った。

弥一郎は、死に別れた鐵三《てつぞう》に会ったことはなかったはずなのに、いかにも知っていたという口ぶりである。しかし、千草はそのことには触れずに、もう一度同じことを訊ねた。

「まあ、仕事といえば仕事かもしれぬ」

弥一郎は奥歯にものの挟まったようないい方をした。表情は晴れないままだ。

「なにかあったんですか？」

「……いろいろとな。じつは椎津の道場が傾いたんだ。いや、そうではなく閉めることになった。おまえだからいうが、道場主が死んだということもあるが、このところの不作つづきで人が集まらぬし、通ってきていた門弟たちも暮らしがきつくて離れてゆく。所詮、田舎は江戸とはちがうということだ」

弥一郎は手酌をして酒をあおった。

そんな兄の顔を眺め、千草は、暮らしがきつくなっているのだと察した。人に弱みを見せない兄だったので、よほど窮《きゅう》しているのかもしれない。

「女将《おかみ》さん、遅くなりました。あら、いらっしゃいませ」

元気よく店に入ってきたのは、お幸《さち》だった。弥一郎に気づき、ぺこりと頭を下げる。

千草は一度暖簾を下ろして、店を開けるのを遅らせようかと思ったが、お幸が来たのでそのまま営業をつづけることにした。どうせ顔見知りの常連客しか来ない。しばらくはお幸にまかせても問題はなかった。

弥一郎には積もる話がありそうだ。

千草にも話したいことがある。

「それじゃ道場勤めは終わりということですか」

「早い話がそういうことだ。江戸で雇ってくれそうなところがないかと思いやってきたのだが、なかなか思うようにはいかぬ」

弥一郎は小さなため息をつく。

「それじゃ江戸に帰ってくるんですね」

「そのつもりだ。田舎では仕事にはありつけぬからな」

そこで初めて、弥一郎は弱々しい笑みを浮かべた。

「妻も子もいる。田舎にはたらき口はないから仕方ないことだ。いっそのこと刀を捨てようかと考えてもいる」

「刀を……それで、どうするんです?」

「職人にでもなろうかと思うんだ。おれもまだ若い。やり直しはいくらでも利《き》くだろう。考えてみれば、父の生涯は不遇だった。おれは親の二の舞にはなりたくない。仕官もかなわず、職もなければ、ただの貧乏侍だ。女ひとりで、こういう店を切り盛りしているおまえを少しは見習わなければならぬ」

弥一郎はあらためて店のなかを見まわした。

「兄さんらしくないわね。そんな弱気なこといわないでください」

千草は叱咤《しった》するようにいったが、弥一郎は弱々しい笑みを浮かべただけだった。

昔は骨のある兄だった。向こう気が強く、曲がったことが嫌いで、おれは武士の子なのだから、あくまでも武士らしく生きると豪語《ごうご》していた。

「弱気でいってるんじゃない。浮き世の厳しさが身にしみているだけだ。思いどおりにはなかなかならぬ」

そこへ、今日もあきずにやってくれてるじゃねえか、と軽口をたたいて入ってきた常連がいた。為七《ためしち》という近所の畳職人だった。

「お幸ちゃん、ちょっとお願い」

千草はお幸にそう頼んでから、弥一郎に酌をしてやった。話さなければならないこと、聞きたいことは山ほどありそうだが、なにから話をすればいいか、すぐにはわからなかった。

「それじゃ、江戸に帰ってくるんですね。奥さんと定吉を連れて……」

「そのつもりだ。そのときは世話になるかもしれぬ」

「ううん、遠慮しないでなんでもいってください。わたしにできることだったら、なんでもやりますから。もう一本……」

千草は銚子《ちょうし》の首を持って左右に振った。

「いや、もう十分だ。おまえの元気そうな顔を見て安心いたした。勘定を」

「いいですよ。水臭い」

弥一郎はそれなら遠慮なく、といって差料《さしりょう》をつかんで土間に下りた。そのまま脇目も振らず店を出てゆく。千草は慌てて追いかけた。

「待って。今度はいつ来るんです？」

「遠い先の話じゃない。月明けぐらいになるだろう」

「奥さんも定吉も来るんですね」

「あたりまえだ」

「あのこれ……定吉になにか買ってあげてください」

千草は急いで財布から取り出した金を、鼻紙に包んでわたした。小粒《こつぶ》（一分《ぶ》金）四枚を入れた。口では定吉にといったが、じつはそうではない。もちろん、弥一郎もわかっているはずだ。

「すまない。また来る」

弥一郎は軽く押し戴《いただ》いて背を向けると、そのまま高橋《たかばし》のほうに歩き去った。すでに夕闇が濃くなっていた。

見送る千草は、やわらかに吹きつけてくる風を切なく思った。兄の後ろ姿に得《え》もいえぬ寂寥《せきりょう》感が漂っていたせいかもしれない。

「よう、いい男じゃねえか。ありゃ、千草さんの新しいこれかい。ひひひ……」

客の為七が冷やかすようなことをいって、下卑《げび》た笑いを漏らした。

「そんなんじゃありませんよ」

千草はそのまま板場に入った。

三

伝次郎は利兵衛《りへえ》と精次郎《せいじろう》のあとにしたがって、吾妻橋《あづまばし》をわたったところだった。

すでに夜の帳《とばり》は下り、町屋《まちや》の通りには料理屋や居酒屋のあかりがこぼれていた。空には幾千万の星たちがまたたき、風は肌に心地よい。

伝次郎は、はっきりいって気乗りしなかった。おそらく普通ではない相談だと思ってはいたが、案の定だった。断ればよかったと、いまさら後悔しても、一度話を受けた手前、引っ込みがつかなくなった。

それに、新しい猪牙《ちょき》を注文しているので、その稼ぎが必要だった。そんなところへ、おいしい話を持ってきたのが利兵衛だった。

うまく口車《くちぐるま》に乗せられた按配《あんばい》だが、騒ぎを起こしたり、町奉行所に厄介《やっかい》をかけるようなことは避けたい。利兵衛もそのことは請け合ってくれている。

伝次郎は木綿《もめん》の着流しに一本差しという浪人のなりだ。利兵衛は羽織袴《はおりはかま》姿だった。そして、精次郎は着流しだけの常着《つねぎ》である。

三人は雷門《かみなりもん》前の広小路《ひろこうじ》を東へ向かった。広小路は昼間のにぎわいはどこへやら、閑散としている。通りは料理屋のあかりにうっすらと浮きあがっている。

あちこちの店からにぎやかな声が聞こえてくる。酔った男の笑い声、女の嬌声《きょうせい》。人目を忍ぶように歩く男女の姿もあった。

「その先です」

先を歩く利兵衛が振り返った。

教えられるまでもなく、伝次郎にはわかっていた。駒留《こまどめ》の尹三郎《いさぶろう》といえば、浅草《あさくさ》の大きな博徒《ばくと》一家だ。町奉行所時代から知っている博徒で、幾度か下っ端《ぱ》を懲《こ》らしめたことがある。ただし、尹三郎本人に会ったことはなかった。

利兵衛の狙いは、柳橋《やなぎばし》の料理茶屋・竹鶴《たけつる》を乗っ取ることだった。何度も竹鶴の主《あるじ》・角右衛門《かくえもん》と談判《だんぱん》をしたらしいが、話はまとまらなかった。そして、竹鶴の尻持ちをしているのが、駒留の尹三郎だ。

利兵衛は角右衛門を口説くことをあきらめ、今度は尹三郎を口説き落とす肚《はら》である。

尹三郎一家は、田原町《たわらまち》二丁目にあった。清光寺《せいこうじ》の門前だ。木戸門《きどもん》から戸口まで石畳が弧《こ》を描くようにつづいている。足許《あしもと》の石畳は、庭の灯籠《とうろう》のあかりをはね返していた。

「ごめんくださいまし」

利兵衛が声をかけると、屋内で足音がして、がらりと戸が開けられた。目つきの悪い若い衆が、利兵衛らをにらむように見てきた。

「利兵衛と申します。親分さんには約束をしてありますので、取り次いでいただけますか」

利兵衛がやわらかい物腰でいうと、若い衆は無言のまま奥に引き返し、すぐに戻ってきた。

「お待ちです。どうぞこっちへ」

若い衆の案内で式台《しきだい》にあがったが、伝次郎だけが呼び止められた。

若い衆を振り返ると、いつの間にあらわれたのか、他に三人の男がいた。無遠慮《ぶえんりょ》な目をそれぞれ向けてくる。

「刀を預からせてもらいやしょうか」

さっきの若い衆が静かな口調でいう。伝次郎は黙ってわたした。

「ちゃんとお返ししますんで」

若い衆はそう付け足して、他の仲間に顎《あご》をしゃくり、あらためて利兵衛らの案内に立った。

長い廊下を進んでゆく。途中に座敷があったが、そこにも威勢のよさそうな男たちがいて、値踏みするような目を伝次郎らに向けてきた。

さっきまでとちがい、家のなかには物々《ものもの》しい空気が漂っている。何度も修羅場《しゅらば》をくぐり抜け、悪党を相手にしてきた伝次郎ではあるが、さすがに緊張せずにはいられない。

奥の客座敷に入った。床の間を背にした上座に尹三郎が座っていた。部屋の隅には三人の男が静かに控えている。

伝次郎は利兵衛のあとについて、近くに腰をおろした。

「これはお初にお目にかかります。利兵衛と申します。今日はわざわざお暇をいただき、まことにもって恐悦至極《きょうえつしごく》にございます」

「まあ、そうかしこまらなくてもいいさ。ここはそんな窮屈なところじゃねえ」

尹三郎は気さくなことをいって、伝次郎と精次郎を眺めた。色白のすっきりした顔をしているが、目だけは鋭い。

伝次郎はもう少し強面《こわもて》だと思っていたが、そうではなかった。年は五十ぐらいだろうか、血色もいいし、身なりにも崩れたところがない。その辺の町を歩いていても、まさか博徒の大親分だとは思われないだろう。

「早速、話とやらを聞きたいが、利兵衛さん、あんたはいったいどんな素性の人間なんだい。まずはそれを聞かせてくれねえか」

尹三郎はすうっと伝次郎を見、それから精次郎も眺めた。さすが浅草一の大親分といわれるだけあって鷹揚《おうよう》な雰囲気を醸《かも》している。

「ごもっともなことです」

利兵衛はそう応じてから、江戸の生まれで、神田《かんだ》のとある商家に奉公し、そこで商売のイロハを教わり、上方《かみがた》に修業に行ったが、向こうの水が自分に合ったのか、思いもよらず大坂《おおさか》暮らしが長くなり、堂島《どうじま》でひと儲《もう》けして江戸に戻ってきたと話した。

利兵衛は図太い神経の持ち主らしく、怖《お》じけた様子はない。いつもと変わらない口調ですらすらと話していった。

それとも、こういう場に慣れているのか。そばにいる伝次郎は、わずかながらも利兵衛を見なおした。

「堂島っていうのは大坂にあるのかい？　おれは上方のことはさっぱりわからねえから……」

尹三郎は目を細めて利兵衛を見る。片手で長煙管《ながギセル》をつかみ、雁首《がんくび》で煙草盆《たばこぼん》を引きよせた。伝次郎はちらりと精次郎を見た。いつになくかたい表情で、膝《ひざ》の上の手をにぎりしめている。

「さようでございます。わたしはそこで米相場に手を染めました。堂島には米市場がありまして、米の仲買《なかがい》も多ございます。もともとわたしは米商いをやっておりましたので、相場のことに詳しかったということもあり、儲けさせてもらいました」

「いかほど儲かった？」

「まあ自慢するほどのことではありませんが、一生遊んで暮らしても不自由しないほどには……」

利兵衛はつづく言葉を誤魔化《ごまか》すように笑った。

「すると、あんたは江戸でも米屋に勤めていたってことか」

「さようで……」

尹三郎は煙管に火をつけて紫煙を吹かした。江戸はどこの生まれだと訊ねる。

「小石川《こいしかわ》でございます。伝通院《でんずういん》のそばでして、父親も細々《ほそぼそ》と商いをやっておりました。そのせいで、小さいころから商売気がありましてね」

「生粋《きっすい》の商人ってわけだ。それで、あんたの話とはいったいなんだね」

尹三郎はそう聞きながら、伝次郎と精次郎に視線を飛ばした。燭台《しょくだい》のあかりが、血色のいい顔を染めている。

「親分さんは、柳橋の竹鶴をご存じですね」

「ああ知ってる。おまえさんが主の角右衛門と、何度か掛け合いをしているのも耳に入ってきてるよ」

「話が早くてようございます。まわりくどいことなしで、直截《ちょくせつ》に申しますれば、わたしはあの店がほしいんでございます」

尹三郎は吸っていた煙管を、コンと煙草盆に打ちつけ、きらっと目を光らせた。刃物のような鋭さだった。だが、利兵衛は臆《おく》することなく言葉をつぐ。

「これは親分さんにとって損のない話です。親分さんは盆暮れや祝儀不祝儀などの折に、竹鶴から相応のものをいただいておられますね。それで満足されていますか？」

利兵衛はじっと尹三郎の顔色を窺《うかが》うように眺める。

そばにいる伝次郎は、そんな利兵衛に内心で感心した。博徒の大親分に物怖じしないばかりか、相手を呑《の》み込むほどの雰囲気を醸しだすのだ。

（いったいこの男は……）

「満足するもしないも、そりゃおれの勝手だ。おれはあの店の後ろ盾《だて》になってるだけだからな。それを飯《めし》の種《たね》にしようとか、渡世《とせい》の稼ぎにしようなどとは思っちゃいねえ」

「もったいないことです」

「なに……」

尹三郎は細い目を見開いた。

「どうせなら稼ぎにすればよいのです。大きく稼ぐことができますよ」

「どうやって稼ぐという？」

「それにはいろいろとあります。ただ、あっさりいってしまえば、ひと晩に二、三十両の稼ぎは見込めるでしょう。月にすれば、そうですね、六百両から七百両はかたいでしょう」

「ほんとか……」

具体的な数字が出ると、尹三郎はこめかみをぴくりと動かして興味を示した。

「嘘は申しませんよ」

利兵衛はにこにこと福々《ふくぶく》しい顔をほころばせて、言葉をついだ。

「どうやったらそんな儲けになるか、というのはこのつぎお目にかかれたときにでもお話ししましょう。今夜はまずご挨拶《あいさつ》をと思いましてお邪魔しただけですので……」

「待て、つぎでなくてもいまでいい。そのからくりを教えてくれ」

「まあ、ここでは……」

利兵衛は勿体《もったい》をつけたようにまわりを見て、尹三郎に顔を戻した。

「もう少しいいますと、儲けはもっと多く見積もれるはずです。しかし、それもこれも親分さんの助け次第ということになります」

「利兵衛さん、竹鶴があんたのものになったら、そうなるというのか」

「そういうことです。どうかそこのところを、少しお考えくださいませんか。それにわたしにもいろいろと秘策を練る必要があります。この先のことは、今度お会いしたときにということで、ご勘弁願います」

利兵衛は深々と頭を下げる。伝次郎もそれにならって頭を下げた。

四

「今日のところは、まあまあでしょう」

尹三郎一家を出たあとで、利兵衛がつぶやくようにいった。

「旦那、あの親分、どう出てきますかね」

精次郎が利兵衛に並んでいう。

伝次郎は黙って後ろにしたがっていた。

「どう出てくるかではなく、こっちがどう出ていくかだよ。今日会えたのはよかった。それにしても茶の一杯も出なかった。どこかで喉の渇きを癒やしていこう。伝次郎さん、お付き合いくださいよ」

伝次郎は無言でうなずいた。

このまま帰るつもりはなかったし、もう少し利兵衛という男を知りたくなっていた。厄介ごとを持ち込んでくる面倒な男だと思っていたが、ただそれだけではなさそうだし、妙な魅力を感じるようになっていた。

浅草三間町《さんげんちょう》の南に宮戸森稲荷《みやともりいなり》がある。三人はその門前にある小料理屋に入った。店の庇《ひさし》に燕《つばめ》が巣を作っており、ちっちっちと鳴き声をあげていた。巣の中には子燕の姿があった。

土間にある飯台《はんだい》につくと、小女《こおんな》に酒を二本注文した。店は暇そうで、客は伝次郎たち三人だけだった。

「親分の目の色が変わりましたね。伝次郎さん気づきましたか」

利兵衛がうまそうに酒を口に含んで、伝次郎を見た。

「やはり、そうお感じになりましたか。博徒とはいっても所詮はやくざ、そして同じ人間です。金の欲には勝てないのが人間でしょう」

ふふふと、利兵衛は笑う。

「それで今度はいつ会うんだ。それにもおれを連れて行く肚《はら》であろう」

「むろん、ごいっしょ願いますよ。でも、伝次郎さんがいて、やはりよかった。わたしも恰好がつきましたからね。精次郎と二人だけだと、あの親分は軽く見てきたでしょう。しかし、三人だとちがう。それも伝次郎さんのような肝の据わった人がいっしょだというのは心強いものです」

「ちょいと聞いてもよいか」

利兵衛がにこやかな笑みを浮かべて見てくる。

「竹鶴をうまく手に入れて、思いどおりに店が繁盛すればよいが、そうならなかったら尹三郎はどう出てくるかな」

「ご心配無用です。店は繁盛します。いえ、させなければなりませんし、きっとそうなります。これはわたしが請け合うところです」

「ああ、脈があるな」

相当の自信があるようだ。この辺のところは、伝次郎にはわからない。おそらく商人の勘なのだろう。

「しかし、あんなうまいことをいったんだ。先方はいずれ吹っかけてくるんじゃないか」

「それは見越しています。しかし、ここでけちなことをいえば、尹三郎親分は話に乗ってこないでしょう。もちろん、わたしは口にしたことはちゃんと守ります。それも色をつけるぐらいのことはする腹づもりです」

「たいした男だ」

伝次郎は感心して盃《さかずき》に口をつけた。利兵衛に対する嫌悪感がすっかり消えたわけではないが、ずいぶんうすらいでいた。これから先どういうことをやるのか、その手並みを拝見したいという気持ちさえ生まれていた。

「つぎはあまり日を置かず会おうと思います。その折には使いを出します。今日は手始めの挨拶でしたが、うまくいき気分がよいです。約束の半金をわたしておきましょう」

最初からそのつもりだったのか、利兵衛は懐から奉書紙でつつんだ金を取り出して、そっと伝次郎ににぎらせた。重みと厚みで十両以上だとわかる。過分である。

「いいのか」

思わず利兵衛を見返した。

「ちゃんと手間賃は払うといってあったはずです」

伝次郎は黙って懐にしまった。

「それじゃ追ってお知らせします。わたしはちょいと、柳橋のほうをまわって帰りますんで……」

利兵衛はそういうと、代金を置いて先に腰をあげた。

取り残された恰好になった伝次郎は、店を出てゆく利兵衛と精次郎を見送ってから酒を飲みほした。

五

新しい舟を造っている小平次《こへいじ》の仕事場に行ったのは、翌日の暮れ方だった。舟の骨組みはあらかた出来ており、簡単に完成図を想像することができた。

「伝次郎さん、約束どおりいい材を使って拵《こしら》えてるからね」

小平次は作業の手を止めると、首筋の汗をぬぐって、欠けた歯を見せて笑った。作業場は屋内だから日陰だが、それでも体を使っての仕事である。剝《む》き出しの肌が汗で光っている。小平次は股引《ももひき》に腹掛け一枚というなりだった。

「楽しみだな」

伝次郎は自分の舟を眺めて、舳《みよし》を軽くたたいた。

小平次はいい材を使っているというが、伝次郎にはよくわからない。それでも新しい木の香りが鼻腔《びこう》をくすぐった。

猪牙などの小舟の舟底は、大きく三つに分かれている。中央にある一枚の航《かわら》と、その両側の加敷《かじき》である。それに、舷側板《げんそくばん》と棚をつけてゆく。あとは梁《はり》と貫《ぬき》のみで板を接合して、補強する。言葉で表せば簡単だが、熟練の技術を要するのはいうまでもない。

舟丈（長さ）は、舟幅の約四倍、艫《とも》の幅はその七割程度、また板の厚さも戸立てが八寸なら、航の厚みは二・二寸などと、船大工は見当をつけている。

「ここまで来りゃ、あと五日もかからねえでしょう」

小平次は麦湯に口をつけ、煙管をくわえた。

「思ったより早いな」

「あんまり遅いんじゃ、おまんまの食いあげになっちまうでしょう。伝次郎さんを干あがらせたら、あの世にいる嘉兵衛《かへえ》さんにお目玉食らっちまう」

小平次は冗談をいって笑った。嘉兵衛とは、伝次郎に船頭のことを一から教えてくれた師匠だ。いまは亡き老船頭だが、その嘉兵衛がいなかったら、伝次郎はきっと他の職に就いているか、浪人のままだったかもしれない。

「早く出来上がりを見てみてえな」

「まあ、楽しみにしていてくだせえ。あっしもちょいと気合いが入ってるんで、これまで造った舟ん中でも一番の出来かもしれねえ」

「よろしく頼むよ。これは酒手《さかて》だ。仕事が終わったら一杯やってくれ」

伝次郎は心付けをわたして、小平次の仕事場を出た。

そのまま六間堀《ろっけんぼり》沿いの河岸道《かしみち》を歩く。

日は西にまわり込んでいるが、この時分の日の暮れは遅い。六間堀はやわらかくなった日の光を、てらてらと照り返していた。

千草の店に行こうか、と頭の隅で思ったが、まだ早いと思い、自宅に戻ることにした。

深川常盤町《ふかがわときわちょう》の惣右衛門店《そうえもんだな》から越してきて、まだ日は浅いが、もう長屋のものとは顔なじみだった。

新しい家は、本所松井町《ほんじょまついちょう》一丁目の福之助店《ふくのすけ》だった。二間《ま》つづきの広い家で、ひとりものにはもったいない住まいであるが、成り行きで借りたのだった。成り行きとは、千草といっしょに住もうという思惑《おもわく》だった。

千草もその気でいたのだが、やはりお互いに距離を置いたままのほうが長つづきするという考えで、同居は断念した。伝次郎もそのことを後悔していない。

刀をしまい、一服つけていると、戸口に人があらわれた。

「やあ、帰ってましたか。陽気がよくなりましたね」

戸口に立ったまま声をかけてくるのは、喜八郎《きはちろう》という同じ長屋の隠居老人だった。日がな一日町内で暇をつぶしている男だ。

この長屋はどこの家も二間ある。それだけ家賃も張るが、それに見合った収入のあるものばかりが住んでいた。そんなわけで裏店《うらだな》とちがい裕福なものが多い。

「喜八郎さんも、たまには芝居でも見に行って来りゃいいんです」

「ああ、そうしたいが、長く座ってるのがつらくてね、ほんとは寄席《よせ》にも行きたいんだけど、膝が思わしくないんだ」

喜八郎はそういって上がり框《かまち》に腰を据えた。

「だったら揉《も》み療治をやったらどうだい。鍼《はり》も効くんじゃないか」

「女房に灸《きゅう》を据えてもらってるから、歩く分には難儀《なんぎ》しないんで、そのうちだよ。あんた、舟はいつ出来るんだね」

「あと十日ぐらいだろう」

小平次は五日といったが、伝次郎は多めに見ていた。新しい舟にするので、届けを出して焼き印をしたりなどの手続きも必要になる。

「そりゃ楽しみだ。新しい舟が来たら、わたしを乗せてくれますか」

「喜んで」

「ちょいと遠くまで行ってみたいもんだ。楽しみだね」

喜八郎は傷めているらしい膝を揉みながら、遠くを見るような目をした。戸口に夕日が射し込んできて、腰高障子《こしだかしょうじ》が黄色っぽい色に変わった。

「そういや、さっき女の人が来てましたよ。お留守なんで、そのまま帰っていきましたが……」

「女……」

「ほら、ときどき見えるじゃないですか……。伝次郎さんとお似合いの人ですよ」

喜八郎はにやにやしていう。おそらく千草だ。それ以外に訪ねてくる女はいない。どうやら長屋の連中は、千草との関係に気づいているようだ。

「感じのいい人だ。いっしょになればいいのに。いや、これは余計なことですな」

喜八郎はあははと笑って誤魔化し、

「それじゃ、お邪魔しました」

といって、家を出て行った。

ひとりになった伝次郎は表を見た。さっきより暗くなっている。少し早いが、千草の店に行くことにした。

家を出ると、長屋の子供が二人、わーっと歓声をあげて木戸門のほうから駆けてきて、脇をすり抜けていった。

路地には炊煙《すいえん》が漂っていて、七輪《しちりん》で魚を焼く煙がそれに混ざっていた。

千草の店の前に来たときには、すっかり日が弱まり、あちこちにある店の行灯《あんどん》が目立つようになっていた。濃くなった夕靄のなかに「めし　ちぐさ」と染め抜かれた暖簾が揺れていた。開け放してある戸口から、あかりがこぼれている。

「なんだ口開《くちあ》けか」

軽口をたたいて店に入ると、板場にいた千草がさっと顔をあげて、嬉《うれ》しそうな笑みを浮かべた。

「さっき、おれの家に来たそうだな」

伝次郎はそこが自分の定席《じょうせき》になっている、小上がりの隅に腰をおろした。

「そうそう。徳助《とくすけ》さんの店に、醤油《しょうゆ》を買いに行ったんですよ。伝次郎さんがいるなら、お茶をご馳走してもらおうと思ったんです」

千草はそういいながら、板場から出てきた。

「そりゃ残念だった。舟を見に行ってたんだ。もう出来るらしい。早くやってもらって助かる。つけてくれるか」

「わかってますよ。いま、お幸ちゃんが来るから、少しお相手できましてよ」

千草は愛らしく首を傾けていう。他の客には絶対見せない仕草《しぐさ》だ。そのまま前垂れで手をぬぐって板場に戻った。

伝次郎は酒が届くまで煙草を喫《の》んで待った。ときどき、千草と視線が合う。言葉はなくても、それとなく意思の疎通が取れるようになっている。

そして、酒を運んできた千草は、酌をしながら、

「今夜」

といって、視線をからめてきた。伝次郎は「うむ」と、うなって承諾する。千草は〝通い妻〟になっているのだった。

伝次郎が猪口を口に運ぼうとしたとき、慌ただしい下駄の音がして、お幸が店に飛び込んできた。

「女将さん、大変。あ、伝次郎さんがいた。ちょうどいいわ」

お幸は伝次郎に気づくなり、腕をつかんで、早口でまくし立てた。

「大変なの。そこでひったくり騒ぎがあって、ひったくりが刃物を抜いて、殺し合いになりそうなの。止めなきゃ、大変なことになるわ」

六

お幸のいうひったくりとにらみあっていたのは、千草の店でときどき顔をあわせる仁吉《にきち》という鳶《とび》職人だった。互いにがなりあったあとらしく、激しく肩を上下させながら、間合い一間《けん》ほどでにらみあっていた。

仁吉は二十三の若い男だ。相手も年は変わらないか少し上に見えた。場所は千草の店からほどない南森下町《みなみもりしたちょう》にある茶問屋の前だった。

野次馬が暗がりに集まっていて、遠巻きに二人のやり取りを眺めていた。

「刃物なんか出しやがって。やるってんだったらやってみやがれ」

仁吉は威勢がいい。片袖をまくり、肩を出している。

「ほんとに刺すぜ」

相手がじりじりと間合いを詰めて、さっと匕首《あいくち》を閃《ひらめ》かせた。だが、それは脅しで、仁吉に届きはしない。それでも仁吉は下がった。

「やめねえか」

伝次郎が止めに入ろうとしたとき、ひったくりが前に飛んで、仁吉の脇腹を刺した。

二人の体が合わさり、ひとつの黒い影になった。みんな息を呑んでいた。

「おい」

再び声をかけた伝次郎は慌てた。

二人は抱き合った恰好で、身動きしない。仁吉は相手の腰の後ろにまわした腕に力を入れている。

周囲の野次馬が「刺された」とか「刺しやがった」という声を漏らしていた。

「仁吉、大丈夫か……」

伝次郎が近寄ろうとしたときだった。仁吉が絶叫をあげて、相手といっしょに大地に倒れた。

「うおーっ！」

仁吉と相手の男はからまるように地を転がったが、俊敏に仁吉が立ちあがった。刺されてはいなかったのだ。仁吉は相手の脇腹を二度三度と蹴り、匕首をつかんでいる腕を踏みつけ、さらに拳骨《げんこつ》を飛ばした。

相手の顔が左右に動き、海老のように背をまるめた。それでも仁吉は容赦《ようしゃ》せずに、襟《えり》をつかんでさらに殴りつけようとした。

「それくらいでいいだろう」

伝次郎が仁吉の振りあげた腕をつかんで、首を横に振った。

「……伝次郎さん」

仁吉は小さくつぶやいて、うずくまっている男につばを吐きつけると、乱れた襟をなおした。それでも興奮は収まっていず、激しく肩を動かしていた。

伝次郎はそのまま二人を帰すわけにはいかず、話を聞くことにした。二人とも若いので、そのまま帰せばまたどこかでいがみ合うに決まっている。

「誰のをひったくったんだ？」

男を立たせて聞いたが、答えたのは仁吉だった。あのじいさんだ、と大八車の横に立っている初老の男を顎でしゃくった。

「おれが見つけたんで、なにも取られちゃいませんが、この野郎いきなりおれを殴りつけようとしたんで、怒鳴りつけてやったんです。すると、白《しら》を切りやがって……」

「もういい。話はそこで聞こう。おい、ついてこい」

伝次郎は男の肩口をつかんで千草の店に向かった。被害にあいそうになった初老の男が、小さく頭を下げて歩き去っていった。

仁吉にさんざん足蹴《あしげ》にされた男は、土間席の飯台《はんだい》に座ると、破れた袖をつまみながら、自分の名を惣太郎《そうたろう》だと名乗った。

口のまわりについている鼻血を、手拭いでぬぐいつづけている。

「おれはこのあたりで船頭をやっている伝次郎という。このまま、町の親分に預けてもいいが、そうなりゃおめえは罪人になっちまう。この町の親分は、めったに目こぼしをしねえ岡っ引きだからな」

「……」

惣太郎は口を引き結んでうなだれた。観念の体《てい》である。

「こいつは仁吉といってな。元気ものの鳶だ。悪いことをした奴を咎《とが》めて刃物を出されちゃ、仁吉じゃなくても黙っちゃいないだろう。それとも、尻ごみして逃げるとでも思ったか……」

惣太郎は恨めしそうに仁吉を見たが、すぐに目を伏せた。

「野郎、なにかいわねえか。さっきは威勢のいい啖呵《たんか》を切りやがったくせに」

「まあ」

伝次郎は宥《なだ》めるように仁吉の肩を軽くたたいて、惣太郎に目を向ける。仁吉は喉の渇きを癒やすように、冷や酒をあおった。

「仕事はなんだ？」

「……………」

惣太郎はうつむいたままだ。

「それじゃ家はどこだ？　……黙っていねえで、話したらどうだ。黙《だん》まりを決め込むんだったら、番屋《ばんや》にいっしょに行くか」

脅すと、さっと惣太郎の顔があがった。目が狼狽《うろた》えている。どうやら、気の小さい男のようだ。

「申しわけありません。あんなことするつもりはなかったんですが、つい魔が差しちまって……許してください」

伝次郎は仁吉と顔を見合わせた。惣太郎はなおもつづけた。

「あっしは遠州《えんしゅう》から仕事をしに江戸にやってきたんですが、どこも雇ってくれるところがなくて……それで、有り金が底をつき……二進《にっち》も三進《さっち》もいかなくなって……。ほんとうに悪いことをしたと思っています。これこのとおりです。どうか見逃してください。もう二度とあんなことはやりません。仁吉さんとおっしゃいましたね」

惣太郎は仁吉に情けなさそうな顔を向けてつづけた。

「さっきはあんなことをしてすみませんでした。ひどいこともいっちまいましたが、どうか勘弁してください。あんたが止めてくれなかったら、あっしは、ほんとうにこの船頭さんがおっしゃるように、罪人になるところでした。ほんとうに申しわけありませんでした」

「いや、まあ、おめえがそういうんなら、おれはまあいいけどよ……」

仁吉は溜飲《りゆういん》を下げた顔で、顎をかいた。

「惣太郎、それじゃ住むところもないんじゃないのか」

伝次郎は慈悲深い眼差《まなざ》しを惣太郎に向けた。

「いえ、親戚の家に厄介になってるんです。口入屋《くちいれ》にも話をしてありますんで、近々仕事も決まるかもしれません。それなのに、あっしはまったく馬鹿でした」

「そういうことだったら、悪心《あくしん》を起こさず真面目にはたらくことだ。親戚にだって迷惑をかけることになる」

「へえ、まったくです」

惣太郎は半べそで頭を下げる。

「仁吉、こういってるんだ、許してやろうじゃねえか」

「おれはもうなんとも思っちゃいませんから。こいつが真面目に生きりゃいいだけのことです」

仁吉はすっかり許している。あっさりした性格なのだ。

「惣太郎、仁吉もそういってくれてる。今夜はおとなしく帰れ。それから二度と悪いことはしちゃならねえ」

「へえ、もう金輪際《こんりんざい》あんなことはしません。ほんとにすみませんでした」

惣太郎はぺこぺこ頭を下げて、店を出て行った。

「やれやれだな」

伝次郎はため息をついて仁吉を見た。

「まあ、やつも痛い目にあったんで、懲りたでしょう。それにしても、伝次郎さん、世話をかけました」

「気にすることはない」

伝次郎はそれから二合の酒を飲んで、千草に勘定を頼んだ。

「とんだ騒ぎでしたね。でも、何事もなくてよかったわ」

「まったくだ」

応じる伝次郎を、千草が店の表へ送りだしてくれた。気をつけてと声をかけながら、意味深な目を向けてくる。

千草がそれじゃ、といえば、伝次郎は「うむ」と、顎を引いてうなずいた。

夜風が気持ちよかった。一年のなかでもっとも過ごしやすい季節だ。日に日に煩《わずら》わしい虫は出てくるが、厚着をしなくてすむし、寒い思いもしないでいい。うだるような暑さはすぐにやってくるだろうが、いまは小袖一枚で十分だ。

伝次郎は北六間堀町を抜け、北之橋《きたのはし》をわたって河岸道を辿《たど》る。六間堀は音も立てず、とろっと油を浮かべたように静かに流れている。ところどころの水面《みなも》に、町屋のあかりが映り込み、小さなうねりを見せていた。

「よお、こりゃ伝次郎さんじゃねえか」

前から歩いてきた男が、提灯《ちょうちん》を掲げて近寄ってきた。畳職人の為七だった。

「なんだ為さんじゃねえか。ご機嫌だな」

「へへ、ちょいと今夜はよ、尾上町《おのえちょう》で寄り合いがあってね。うぃっ、いい酒を飲んじまった。『ちぐさ』の帰りかい」

「ああ、そうだ」

「あんたと千草さん、いい感じだね」

「なにをいってやがる」

為七は体をふらふらさせている。そのたびに提灯のあかりでできた伝次郎の影が、ゆらゆら揺れる。

「もうみんな知ってるこった。隠すことはねえだろう。いい大人なんだからよ。早くくっついちまえばいいのにって思うのは、なにもおれだけじゃねえんだ。ひっく

……」

「おいおい、今日は飲み過ぎじゃねえか。なんだったら送って行こうか」

「いいってことよ。それには及ばねえよ。しかし、いい夜だねえ。酒もうまいし、お日柄もいい。これでうるせえ嬶《かかあ》が文句いわなきゃ、なおいい」

為七はひひひっ、と楽しそうに笑う。

「大丈夫か」

「おう、そうだ。思いだした」

為七が急に真顔になって顔を寄せてきた。

「なんだ？」

「女将の千草さんだよ。伝次郎さん、気をつけな。ありゃ隅に置けねえ女かもしれねえぜ」

「……どういうことだ」

酔っ払いの戯《ざ》れ言《ごと》かもしれないが、聞かずにおれなくなった。

「この前よ。二、三日前だったか……いい男が店にやってきたんだ。ありゃあ、ただならぬ関係だね。ひょっとすると昔の男かもしれねえ。ちょいといい男だ。侍だけどよ。二人でこそこそ話してたんだけど、ありゃあやしいぜ。だからよ、伝次郎さん、千草さんの首に縄つけておかなきゃ、どっか行っちまうかもしれねえぜ」

「そうかい。まあ、いろんな客が来るからな」

気にはなるが、そう受け流しておいた。

「いろんな客でも、ありゃちょいとわけありの客だよ。おれにはぴんと来たね。ほんとだぜ、ひっく……。ああ、それにしても飲み過ぎたかな」

為七は勝手にしゃべって、またしゃっくりをした。

「ま、そういうこった。じゃあ、あばよ」

なにがそういうことだかわからないが、為七はそのまま千鳥足で、家のほうに戻っていった。伝次郎は為七をしばらく見送ってから家路についた。

自宅の居間に腰をおろして、煙管をつけてから心中でつぶやいた。

（為七も……）

伝次郎は所在なげに煙管を吹かして苦笑を浮かべた。為七にいわれたことは気になりはしたが、なにか誤解をしているのだろうと思った。

それから、利兵衛のことやさっき説教をした惣太郎のことを考え、もうすぐ出来るだろう自分の舟のことを思った。

新しい舟のことを考えると、楽しくなる。しばらく仕事を休み舟に乗っていないせいか、早く川をわたりたいと思うようになっている。

窓を開け放しているが、流れ込んでくる夜風は気持ちよかった。奥の間を見て、布団を敷いておこうかと考えた。以前は一組しかなかったが、新しく一組買い足していた。もちろん千草のことを考えてである。もっとも、一組は無用なのだが……。

時の鐘が四つ（午後十時）を告げた。町木戸が閉まり、千草が店を閉める時刻だ。小半刻《こはんとき》（約三十分）もすれば、千草がやってくるだろう。

喧嘩の騒ぎがあったので、酔いはすっかり醒《さ》めていた。伝次郎は千草が来れば、もう一度飲みなおすつもりだった。しかし、半刻《はんとき》（一時間）たっても千草はやってこなかった。そして、ついに九つ（午前零時）をまわった。

ときどき戸口に目を向けたが、人の足音もしなければ、腰高障子に影も映らなかった。

伝次郎は宙の一点に目を据え、為七にいわれたことを真剣に考えはじめた。

第二章　三人の浪人

一

しっとりと夜露に濡れた木々の葉が、昇りはじめた朝日を照り返した。それに合わせたように、鳥たちのさえずりが高くなった。漂っていた靄《もや》もいつしか消え、要《よう》津寺《しんじ》の境内は清澄《せいちょう》な空気に包まれた。

伝次郎は諸肌《もろはだ》を脱ぎ、手にしていた木刀を青眼《せいがん》に構えた。そのまま一定の調子で、呼吸をしながらゆっくり素振りをはじめた。

深川常盤町に住んでいるころは、神明社《しんめいしゃ》の境内で稽古をしていたが、いまは住まいに近い要津寺境内の片隅を使わせてもらっていた。

素振り百回ほどで、木漏《こも》れ日を受ける肌に汗が浮かびはじめた。隆《りゅう》とした筋肉がさらに引き立つようになった。鍛錬は怠りがちだが、船頭仕事をしているせいか筋肉の衰えはなかった。

本堂から読経《どきょう》が聞こえてきた。ときおり木魚《もくぎょ》が重なった。読経はひとりだったが、それにいくつかの声が和した。僧侶らの朝の勤行《ごんぎょう》がはじまったのだ。

伝次郎は木刀を振りつづける。心を平静に保ち、体を動かすことですべての雑念を忘れることができる。しかし、その朝は素振り二百回あたりで心が乱れてきた。

（なぜ……）

昨夜、やってくるはずの千草がこなかったことを考えた。

為七は千草に男がいるようなことを口にした。そんなことはないと心の内で否定したが、よくよく考えるとおかしなことだ。

昨日、千草は今夜泊まりに行きたいという意思を、伝次郎に示した。あうんの呼吸でわかることだった。伝次郎を店から送りだしたときも、視線をからませてきて、待っていてくださいという目をした。

それなのに、千草はこなかった。これまで、こんなことはなかった。ひょっとすると、自分が帰ったあとで、店でなにか問題が起きたのかもしれない、と伝次郎は考えた。もし、そうなら行ってたしかめるべきだ。

（そうするか……）

伝次郎は素振りを中断して、大きく息を吸った。

行くといって来なかったのには、なにか深いわけがあるはずだ。千草の身の上に、のっぴきならないことが起きたのかもしれない。そう考えると、居ても立ってもいられなくなった。

伝次郎は着衣を整えると、そのまま要津寺の境内を出た。本堂の木魚の音が、早く行け早く行け、と急《せ》かしているように聞こえた。

千草の店の前に来たが、町はいつもと変わらず穏やかだった。路地から炊煙が流れてきて、朝の早い行商人たちが長屋の路地を出たり入ったりしていた。

遠くの普請場《ふしんば》に行くのだろうか、道具箱を担いで出てきた大工が、急ぎ足で高橋のほうへ去っていった。

閉まっている千草の店には、どこといって変わった様子はない。近所に早くも店を開けている履物屋《はきものや》があり、はたきをかけていた亭主に、昨夜千草の店でなにか騒ぎがなかったかと聞いてみた。

「千草さんの店で……いえ、なにもありませんよ。それともなにかあったんですか？」

亭主は反対に聞き返してきた。

「妙なことを聞いたから、ちょっと気になっただけだ」

「なにかあれば、もう噂になっていますよ」

亭主は人を安心させるような笑みを浮かべた。

伝次郎は念のために千草の長屋にも足を運んだ。夜が遅いのでまだ寝ているだろうが、様子だけたしかめておきたかった。

早起きの長屋の連中はすでに動き出していて、井戸端でおしゃべりをしているおかみがいれば、厠《かわや》の前で足踏みをして待っている子供の姿もあった。どの家も戸を開け放しており、雑多な声が交錯《こうさく》している。

木戸口のそばに住むおかみに声をかけて、昨夜ここで騒ぎがなかったか訊ねてみた。

「騒ぎ……。いいや、なにもありませんよ。それともなにかあったんですか？」

さっきの履物屋の亭主と同じように聞き返された。

伝次郎は取り越し苦労だったかと思い、踵《きびす》を返した。まだ夢の中であろう千草を起こしてもよかったが、自分の早とちりだったら迷惑をかける。

しかし、自宅に引き返しながら別の考えが浮かんでくる。為七のいったことだ。昔の男が急に訪ねてきて、他出《たしゅつ》できなくなったのかもしれない。もし、そうなら千草はいまその男と……。

伝次郎は強くかぶりを振った。

（まさか、そんなことが）

しかし、為七の言葉が重みとなって浮かんでくる。為七は千草のことを隅に置けない女だといった。いい男がやってきて、こそこそ話していたともいった。わけありの客で、あやしいとも……。その男は侍だったという。

千草は御家人《ごけにん》の娘だ。侍の知り合いがいてもおかしくはない。ひょっとすると、死んだ亭主の前に付き合っていた男なのかもしれない。それに、千草は客商売をしている女だ。かたい女だと思い込んでいる自分は馬鹿で、うまく遊ばれているのかもしれない。

そんなことは思いたくないが、考えは悪いほうへ悪いほうへ行ってしまう。いっしょに住みたいといっておきながら、土間場で少し距離を置いて、いまの関係をつづけているほうがいいと、切りだしたのも千草だった。

いっしょになれば、見なくていいものを見るようになり、気づかなくていいことに気づいてしまうかもしれない。そうなると、お互いに気まずい思いをし、ぎくしゃくした関係になってしまう。そんなことにはなりたくない、と千草はいった。

伝次郎もそう思っていたので、なんの違和感もなく受け入れて納得した。しかし、あれはいいわけだったのかもしれない。

伝次郎は大きく息を吐いて立ち止まった。目の前に六間堀が流れていた。野菜を積んだ平田舟《ひらたぶね》がゆっくり下ってゆき、波紋を広げていた。

（おれはいったいなにを疑っているんだ）

伝次郎は内心で自分を責めて、再び歩きだした。

家に帰ると朝餉《あさげ》の支度をした。湯を沸かし、冷や飯を茶漬けにするだけだ。朝はいつもそんなものである。

仕事がないと、暇と体を持てあましてしまう。茶漬けをすすりながら、小平次の作業場をのぞきに行こうと考えたり、昼過ぎに千草の店に行ってみようと考えたりする。また、利兵衛のことも頭に浮かんでくる。もう一度、尹三郎に会うといっているが、それはいつになるんだろうかと思いもする。

「ごめんくださいまし」

食後の茶を飲んでいると、戸口に商家の小僧と思われる若い男があらわれた。年は十四、五歳だろうか、まだにきび面だ。伝次郎はすぐさま、利兵衛の使いだと思った。

「伝次郎さんのお宅はこちらでよいんですね」

「ああ、そうだ」

「沢村《さわむら》伝次郎さんですね」

「そうだが……」

「海老沼仙之助《えびぬませんのすけ》というお侍が会いたいそうです」

「海老沼……」

伝次郎は片眉を動かした。知らぬ名である。

「へえ、林町《はやしちょう》一丁目の茶店でお待ちです。二ツ目之橋《ふたつめのはし》のすぐそばの店です」

「おまえの名は？」

「梅吉《うめきち》です。林町にある安房《あわ》屋という帳屋《ちょうや》のものです。わたしは使いを頼まれただけです。では、ちゃんと伝えましたから」

梅吉は逃げるように去っていった。帳屋とは種々の帳面や紙、あるいは墨や筆を売る店である。

二

伝次郎は楽な着流し姿で家を出た。帯は船頭仕事をしているときと同じ、神田《かんだ》結びという職人結びである。知らないものが見れば、遊び人に見えるかもしれない。総髪《そうはつ》にしているのでなおさらだ。

山城橋《やましろばし》をわたり、つぎの辻を二ツ目之橋のほうに曲がった。すでにどの店も暖簾をあげて、商売をはじめている。大八車が河岸場と商家を行き来し、店の前に商売の荷を積んでいたり、床店を広げていたりしている。

橋際の河岸道に出ると、右手の茶店の床几《しょうぎ》に座っていた男が立ちあがった。二本差しの侍だが、浪人のようだ。男はひとりではなかった。連れが二人いて、それも同じなりだ。

「沢村伝次郎さんですね」

先に立ちあがった男が声をかけてきた。

静かな眼差しだ。敵意は感じられない。

「なぜ、おれの名を？」

「あんたはちょっとした有名人だ。まあ、これへ」

伝次郎はうながされて、男の隣に腰をおろした。他の二人もそばの床几に腰かけた。

「海老沼仙之助というのはあんたか？」

伝次郎は男を見た。

相手は、そうだとうなずいた。体格のいい男で、伝次郎と体つきが似ていた。涼しい目許《めもと》をしているが、眼光はただものではない。年は三十半ばだろう。

「ここにいるのは、わたしの仲間で松村道之助《まつむらみちのすけ》、そっちは河野正蔵《こうのしょうぞう》」

紹介された二人が軽く頭を下げた。松村道之助はちんまりした目で、団子鼻だった。河野正蔵は頬ひげが濃く、馬面《うまづら》だった。河野のほうが松村より年上のようだ。

「いったいなんの用で……」

伝次郎は三人を眺めて聞いた。

「沢村さん、あなたは、昔は町方だったらしいですね。そして、いまは船頭仕事をしている。なぜ、そんなことになったか詳しいことは知りませんが、悪い人じゃなさそうだ」

海老沼は親しげな笑みを浮かべていう。小女がやってきたので、伝次郎のために茶を注文してくれた。

「どこでおれのことを……」

「あれこれ話せば長くなりますが、小笠原《おがさわら》家の家臣にそれとなく聞いたんです」

「肥前唐津《ひぜんからつ》の小笠原家か？」

海老沼は認めるようにうなずいて、茶に口をつけた。肥前唐津藩小笠原家は、伝次郎が仇《かたき》にしていた津久間戒蔵《つくまかいぞう》の仕えていた大名家《だいみようけ》である。

小笠原家を知っていれば、伝次郎のことを少なからず聞いていても不思議はない。

「それでなにか用でも？」

「相談に乗ってもらいたいことがあります」

海老沼は小女が運んできた茶を受け取り、伝次郎に勧めて、言葉をついだ。

「わたしたちは沢村さんと同じ浪人です。しかし、身過ぎのままならぬ世の中。頭を使って稼ぎ口を見つけなければならない。名を明かすことはできませんが、さる方に頼まれた仕事があります。その方は幕府重臣の息のかかった方で、たしかな人です」

海老沼は声をひそめて、伝次郎に探るような目を向けてきた。

「禁制品が抜荷《ぬけに》されています。それを押さえたいのです。しかし、それには舟がいる。また、舟を操るのは腕のいい船頭でなければならないし、いざというときに備え、それなりの剣の腕もなければならない。沢村さんはうってつけの人。それで助《すけ》をしてもらいたいのです」

「よくわからぬ話だ」

伝次郎は茶を飲んで河岸道を眺めた。燕たちが飛び交っていた。

「うまくいけば、それ相応の謝礼が出ます。手を貸してくださるなら、もっと詳しいことを話します」

伝次郎は河岸道に向けていた目を、すうっと海老沼に戻した。

「詳しいこともわからず、話を受けるわけにはいかぬ。それに、おれはそんな暇はないし、いまは自分の舟はない」

「舟がない……」

海老沼は眉宇《びう》をひそめた。

「それにあんたに会うのは初めてだ。見も知らぬ男からの相談事など受けられるはずがない」

「もっともなことです。では、申します。かまえて他言無用《たごんむよう》に願いますが、さる方とは老中《ろうじゅう》・水野越前守忠邦《えちぜんのかみただくに》様のご用人《ようにん》・井上作右衛門《いのうえさくえもん》様です」

「老中のご用人……」

「いかにもさよう。抜荷の品は、禁制品といずれ禁制になるものばかり。それがあるところに運ばれています。抜荷を指図しているものには、いずれその品が禁制となったときに、ひそかに売りさばいて儲けようという企みがあります」

「禁制になっていないものなら、いまは抜荷にはならないのではないか」

「すでに禁制の品もあるからです」

「老中・水野様はお勝手掛《かってがかり》ですが、いずれ筆頭老中になられるお方。その筋からのたしかな話です。出鱈目《でたらめ》を話しているのではありません。いってみれば、これは幕府の仕事といってもいいでしょう」

「だったら浪人風情を動かすことはなかろう。幕府にはそれなりの持ち場があり、それにふさわしい役人がいる」

「たしかにおっしゃるとおり。しかし、表立ってできぬこともあります。公儀《こうぎ》にも表沙汰《おもてざた》にしたくないことがあるのです。沢村さんがいらっしゃった御番所《ごばんしょ》にだって、そんなことはあったはずです」

伝次郎は海老沼から視線を外した。

たしかに、町奉行所にも公にできないことはあった。いまもそれは変わらないだろう。そして、公儀にも同じようなことがあるのは、少なからず知っていた。もっとも、それがどんなことであるかは、一介《いっかい》の町奉行所同心《どうしん》の耳には入ってこなかったが。

「そういわれても、おれにはそんな暇はない」

「悪計《あっけい》を阻《はば》むために動くのです」

伝次郎は海老沼をにらむように見た。そういう科白《せりふ》には弱い。親も町奉行所の同心であったし、自分もそうだったから正義のはたらきには文句をいえない性分だ。

「手を貸してくれませぬか」

海老沼は言葉を重ねた。

「いま、ここではもっと詳しいことを話せないということか」

「助をしてくれるというなら、場所を変えて話します」

伝次郎は視線を宙に彷徨《さまよ》わせた。

晴れた空に鳶が舞っている。視界の端を燕が飛んでいった。

「沢村さん、正義のためのひとはたらきです。手をお貸しください」

そういったのは、河野正蔵という男だった。

伝次郎が見ると、お願いしますと頭を下げた。それに倣《なら》うように松村道之助も頭を下げた。二人とも実直そうである。裏があるようには思えない。

「うまく話が呑み込めないが、少し考えさせてくれ」

伝次郎は海老沼にいった。

「いいでしょう。では、三日後にまた沢村さんの家に出向くことにします」

「おれの家をどうやって知った？」

「こういったことは、下調べに手間暇かかるものです。大方のことはわかっていま
す」

海老沼は口辺《こうへん》に笑みを浮かべた。どうやらあれこれ穿鑿《せんさく》されているようだ。

三

初夏の日射しは強くなっていた。乾いた地面に陽炎《かげろう》が立ち、空の一画には大きな雲が布団綿のように盛りあがっている。

伝次郎は小平次の仕事場に足を運んだが、小平次はいなかった。仕事場の中央に、自分の舟が置かれている。舟縁《ふなべり》も張られていて、もう完成といってもいいぐらいだった。

伝次郎は新しい自分の舟をためつすがめつ眺め、上棚の板をさわったり、戸立ての角度をたしかめたりした。

艪床《ろどこ》のあたりはまだ手をつけられていないが、そこに細工があるのを知った。も

のが入れられるように、空間が設けられているのだ。いい拵《こしら》えである。

足許には鉋屑《かんなくず》や木屑が散乱しているが、材木独特のいい香りがする。

「どうです」

奥から小平次が手をぬぐいながらやってきた。腹掛け一枚の肌には汗が浮いていた。

「いい出来だ」

「もうちょいですよ。自分でいうのもなんだが、こりゃいい舟に仕上がった」

「嬉しいね。もうこのまま乗れそうじゃないか」

「まあ、慌てないでください。これから最後の仕上げです。これが結構手間がかかるんです。ここまでいい舟になったんだから、もっと磨きをかけねえと……」

小平次は舟縁をさすり、目を細める。

「櫓床に細工がしてあるな」

「気づきましたか。それだけじゃありませんぜ。……こっちを」

小平次はそういって、舳に近い舟梁《ふなばり》の下にある板を外した。そこも空間になっていた。釣り竿とまではいかないが、短い箒《ほうき》や刀や傘をしまえる奥行きがあった。

幅もあるので、荷物も入れられる。

「へえ、こりゃあすごい」

「隠し戸棚ッてんですがね、水が入らねえように、しっかり貫《ぬき》を打ち込んであるし、用心のために膠《にかわ》と漆《うるし》で隙間を埋めることにします。そうすりゃ入れた荷物が水に濡れることはない。雨のときだって心配ねえって寸法でさ」

小平次は自慢そうにいうと、煙管に火をつけて紫煙を吹かした。

「安く頼んじまって悪いな」

「なに、これだけの出来なら、金なんざどうでもいいですよ。あっしの腕もまんざらじゃねえってわかりましたからね」

「なにをいう。あんたの腕は、死んだ嘉兵衛さんも認めてたし、川政《かわまさ》の政五郎《まさごろう》さんなんざ褒《ほ》めちぎってる」

「そうおだてないでください。あっしゃすぐに図に乗っちまうから」

照れを隠すように、小平次はからからと笑った。渋柿みたいな顔にあるしわがますます深くなった。伝次郎もそれに釣られ、朗らかに笑った。

自分の舟の仕上がり具合に満足した伝次郎は、その足で千草の店に行ったが、閉まったままだった。普段なら、もう店に出ている時分である。ひょっとして買い出しに行っているのかもしれない。まわりを見てそう思った。なんだか間が悪いなと自分のことを嘲《あざけ》り、川政に顔を出すことにした。

「よお、伝次郎。暇そうじゃねえか」

川政のそばまで来たとき、主の政五郎が戸口から出てきた。

「仕事ができませんからね」

「まあ、小平次にまかしときゃいい舟が出来るだろう。茶でも飲んでいくか」

「へえ」

伝次郎は誘われて、川政に入ると、上がり框に腰掛けた。通い女中がすぐに茶を淹《い》れてくれ、伝次郎と政五郎に勧めた。

「日に日に暑くなるな」

「寒い冬より夏のほうが仕事は楽です」

「もっともだ。それで、新しい家のほうは落ち着いたか」

そんな他愛《たわい》ない世間話がつづいた。

なんでもない会話だが、伝次郎は政五郎といるとなぜか落ち着く。気も合うのだが、政五郎には一本筋の通った侠気《おとこぎ》がある。その辺にはいない骨のある男なのだ。

「あんた、届けてくれたのかい。あれ、伝次郎さんじゃない、久しぶりだね」

奥の暖簾から政五郎の女房おはるが出てきた。伝次郎を見て、親しげに微笑む。

「久しぶりです。おかみさんは相変わらずだ」

「なによ、また太ったと思ってんじゃないの。仕方ないじゃない、もう色気より食い気なんだから」

おはるは大きな体に似合わない声で、ほほほと笑う。屈託《くったく》のない女だ。首まわりにたっぷりついている肉が、笑うたびに揺れるが、顔立ちはよいほうだ。若いころは、もっと細くて美形だったにちがいない。

「あんた、それでどうしたの。届けてくれたのかい?」

また、おはるは政五郎を見て聞いた。目が厳しくなる。

「途中で伝次郎に会ったから、これからだ」

「なにさ、早く行っておいでな。昨日から催促《さいそく》されてんだからね」

「ああ、わかったよ。そうがみがみいうな。行ってくりゃいいんだろう、行ってくりゃ」

政五郎も女房には形無しのようだ。伝次郎に、町費《ちょうひ》を払いに行くんだと弁解して腰をあげた。伝次郎も「それじゃ」といって立ちあがると、おはるがまた遊びに来てくれ、とにっこり笑った。

川政を出た伝次郎は、暇を持てあますように深川に足を向けた。

どこへ行くというあてもなかったが、同心時代はこうやってよく歩いたものだ。見廻りは歩くことだった。各町の自身番に立ち寄っては、町の様子を聞き、また別の町に行くという按配だった。

歩きながら千草のことがちらちらと気になった。また、海老沼から受けた相談のことも考えた。要領を得ない話だが、どうにも気にかかる。

それに、海老沼が連れていた河野正蔵という男がいった言葉が、胸に残っている。

——正義のためのひとはたらきです。手をお貸しください。

(正義のためか……)

伝次郎は青い空を眺めて、どう返事をしようかと迷う。

気づいたときには、永代橋《えいたいばし》に立っていた。欄干《らんかん》に手をついて海を眺める。海はまぶしく輝き、爽やかな風を送り込んでくる。じっとその海を眺めていると、いろんな来《こ》し方《かた》が思いだされた。苦しかったことも楽しかったことも、いろいろ浮かんではうたかたのように消えて、また別のことが浮かんできた。

橋をわたらずにそのまま引き返すと、深川材木町《ざいもくちょう》の飯屋で早めの昼餉をすませた。その帰りに千草の店を見たが、やはり戸は閉まったままだった。気になったので長屋のほうにまわってみたが、朝早く出ていったと、居職《いじょく》の職人に教えられた。

(やっぱり間が悪いようだ)

伝次郎は苦笑いをして引き返した。それでも、千草の身が安泰だということがわかったので、少なからず胸をなで下ろしていた。

見知らぬ男が訪ねてきたのは、自宅長屋に帰ってすぐのことだった。伝次郎かと訊ねるので、そうだと答えると、

「利兵衛さんが今夜一席設けるそうなんで、伊勢崎《いせざきちょう》町の井筒《いづつ》という料理茶屋に行ってもらえますか。暮れ六つ(午後六時)には待っているそうです」

と、言付けを伝えた。

「井筒だな」

「へえ、さようで」

使いの男はぺこりと頭を下げると、そのまま行ってしまった。

四

井筒は仙台堀《せんだいぼり》に面した場所にあった。

伝次郎は店のことは知っていたが、敷居を高く感じて入ったことはなかったが、なるほど表から見るより店の中は、凝《こ》った造りになっていた。

壁に掛けられている軸も絵もいいし、廊下は檜《ひのき》で、客間の床柱などもすべて檜であった。

店の奥で三味線と琴《こと》が静かに奏でられている。

「今夜は伝次郎さんと酒を飲みたいと思っていたのです。さ、どうぞ」

伝次郎が客間に入るなり、利兵衛が酒を勧めてきた。素直に受けて、飲みほした。

「いや、飲みっぷりがいいですな」

利兵衛は目を細め、ふくよかな顔に笑みを浮かべる。紗《しゃ》の羽織に、小袖は上布《じょうふ》だ。でっぷりした体つきもくわわるので、分限者《ぶげんしゃ》にしか見えない。実際そうなのだろうが。

「いまごろ尹三郎親分は、やきもきしていますよ。早くわたしに会って、つづきの話を聞きたいとね。でも、わたしは少し焦《じ》らして会うことにします」

利兵衛は鮑《あわび》をつまんで口に入れる。

「それがあんたの戦法というわけだ」

「伝次郎さんらしいいい方ですな。たしかにそうでしょう。この辺の駆け引きが大事なところです。竹鶴の角右衛門さんには通じませんでしたが……」

ふふふ、と利兵衛は笑って、まあそれも仕方ないことでしょう、という。

「それでいつ会うのだ？」

「あまり待たせるのも考えものですから、三、四日あとにしようと思ってます。先日会っただけで、あの親分の気持ちはずいぶんこっちに傾いているはずですからね。ひょっとすると、つぎに会ったときには、すっかりわたしの後ろ盾になるというかもしれません。そうなれば話が早いんですが、まあ、先方も博徒の大親分。もっと旨《うま》みがほしいはずですから、なにか考えてくるでしょう。この辺は腹の探り合いです」

「だけど、旦那。尹三郎一家を後ろ盾にしたからといって、竹鶴に店をたたませるのは容易《たやす》くはないでしょう」

精次郎だった。酒で湿った唇が赤くなっていた。伝次郎さんもそう思いませんか、といってくる。

「まあ、利兵衛さんがどう考えているのかは知らないが、少しは話を聞きたいものだ」

伝次郎は手酌をした。

料理膳には海老や鯛《たい》、鮃《ひらめ》、そして鮑などが舟盛りになっていた。その他に煮物、吸い物、鮎《あゆ》の塩焼き、貝の蒸し物と豪勢だ。

利兵衛の後ろにある床の間には大きな壺が置かれており、紫陽花《あじさい》がざっくりと活《い》けられていた。無造作に壺に挿《さ》してあるように見えたが、よくよく見れば計算された活け方で、背後の壁と見事に調和している。それに行灯のあかりがうまくあたって、花そのものを引き立てていた。

「わたしは穏便に事を進めたいのです」

利兵衛がいう。伝次郎もそうであることを願っている。

「尹三郎親分がこっちになびけば、また竹鶴の角右衛門さんとは話し合いです。それで大方決着はつくはずです」

利兵衛は余裕の体でいう。まったくの狸面《たぬきづら》である。伝次郎も利兵衛がどんな計画を立てているのか、その腹の内を探りかねる。

「とにかく、親分に会って味方になってもらう。まずはそのことが大事なことです。さあ、今夜は無粋《ぶすい》な話はやめて、せっかく伝次郎さんと飲めるんです。無礼講《ぶれいこう》といきましょう」

利兵衛はご機嫌顔で、精次郎にも遠慮せずに飲めと酒を勧める。

「利兵衛さん、ちょいと聞きたいことがある。あんたはたしか、お上《かみ》のことに詳しいようなことをおれにいったことがあるな」

伝次郎は利兵衛をまっすぐ見る。

「まあ、隅から隅まではいきませんが、多少なりと……」

「老中に水野様という人がいるらしいが、知っているか?」

「浜松《はままつ》のお殿様です。水野越前守忠邦様でしょう。あの方は出世されます。筆頭老中になられるのはまちがいないでしょう。あと三、四年もすれば、わかりますよ」

利兵衛は海老沼仙之助と同じようなことをいった。

「禁制の品が増えるような話を聞いたのだが……」

伝次郎は腹の内を探られないように、料理に箸をのばしながら何気ない調子で訊ねた。

「ほう、もうそんな話が広がっていますか。こりゃ驚きだ」

「それじゃ、ほんとうのことなのか」

伝次郎は酒ですっかり血色のよくなっている利兵衛を見た。

「いろいろあります。この前の飢饉《ききん》でお上の台所は大変です。お上だけでなく、諸国もまだ飢饉から立ちあがれないでいます。倹約令は出されていますが、もっと厳しい倹約令が出るはずです。率先して倹約と質素《しっそ》を勧め、奢侈《しゃし》を慎むようなお触れが出るでしょう。そればかりではありませんね。芝居や読本《よみほん》、錦絵《にしきえ》、または寄席などへの戒《いまし》めが厳しくなるでしょう。自《おの》ずと禁制の品は増えるはずです。でも、なぜそんなことを……」

利兵衛が不思議そうな顔を向けてきた。顔は笑っているが、こういったときの目にはまた別の光を宿す。

「町で暮らしているものが、そんな話を聞けば気になるだろう。上のほうで行われていることは、まったくおれたちにはわからないことだ」

「でも、そんな話をいったいどこで……」

利兵衛は疑り深い目をした。

「おれが町奉行所にいたことを忘れたわけじゃないだろう。それなりの付き合いがある。もっとも、詳しいことまで聞けはしないが……」

伝次郎は自分でいいながら、うまい誤魔化し方だと思った。

「そうでしたね。なるほど、なるほど」

利兵衛は納得したようにうなずいて、言葉をついだ。

「でも、ほんとうのことですよ。大きな声じゃいえませんが、水野様が筆頭老中になられたら、大きな改革があるはずです。歌舞伎《かぶき》小屋は移されるかもしれません。それから諸色《しょしき》が高じないように、いろんな相場の引き下げがあるはずです」

「なぜ、そうだといえる？」

「お上の政《まつりごと》は繰り返しです。昔やったことに倣《なら》うんです」

利兵衛がいうのは、吉宗《よしむね》の行った享保《きょうほう》の改革と松平定信《まつだいらさだのぶ》の行った寛政《かんせい》の改革だった。彼はそのことをざっと話してから、言葉を足した。

「世の中が苦しくなれば、必ず厳しい取り締まりが行われます。きっと、水野様もそれに倣ったことをされるはずです」

「それにしても旦那には、いつも感心させられちまいます。いったいどこでそんなことを教わってくるんです」

精次郎が首を振りながらいう。

「目ですよ。二つの目は世の中や人の動きを見るためにあるんです。そして、両の耳も世の中の噂や人の話を拾い集めるためにある。そうじゃありませんか」

利兵衛はにこにこ顔で、伝次郎と精次郎を眺めた。

「すると、柳橋を花街《はなまち》にするのが難しくなるのではないか」

伝次郎だった。利兵衛の最終的な目的はそこなのである。だが、利兵衛はゆっくり首を横に振って、余裕の体で答える。

「いまから布石《ふせき》を打っておかなければ間に合わなくなります。厳しい改革のあとには、世の中には逆の風が吹きます。質素倹約を強《し》いられていたものたちは、その逆を楽しみたくなるんです。わたしの狙いはそこにあります」

「まったく旦那の頭の中をのぞいてみたいもんです」

精次郎が大真面目にいうと、利兵衛は愉快そうに笑った。

五

井筒の前で利兵衛と精次郎と別れた伝次郎は、夜道を辿った。勧められるまま酒を飲んだが、そんなに酔ってはいなかった。

利兵衛という男を見なおしてはいるが、油断しているわけではない。風向きによって人の足をすくうのが、ああいう類いの人間だ。すっかり信用したばかりに、痛い目にあうこともある。伝次郎はそんな人間を何人も見てきた。

（気を許せば命取り）

そんな教えを受けたことがある。だが、酒の入った頭では、誰に教わったかまでは思いだせなかった。

しかしながら、海老沼仙之助のいったことは嘘ではなさそうだ。

（禁制品の抜荷……）

伝次郎は星のまたたく夜空をあおいで、もう一度話を聞いてもいいと思った。知っていながら悪行を見過ごすことはできない。

高橋の前で足を止めた。川政にはまだあかりがついている。政五郎と飲みなおそうかと思ったが、それより先に千草のことが気になった。

（やはり、千草が先だな）

胸中でつぶやきを漏らす伝次郎は、おれもどうかしている、と首を振って苦笑した。

高橋をわたり、通りをまっすぐ進む。風は弱く、酒の入った体にほどよいぬるさだ。

ぽつぽつと軒行灯のあかりが見え、通りをあわく染めている。

まだ五つ（午後八時）を過ぎたばかりなので、人の姿は少なくない。酔った職人や提灯持ちをしたがえた武士、そして人目を忍ぶように暗がりを選んで歩く女。

脇の路地から猫が走り出てきて、反対側の路地に消えていった。その猫を見送った伝次郎は、千草の店に目を向けて、眉を曇らせた。

あかりがついていないのだ。暖簾も掛かっていなければ、戸も閉まったままだ。

（どういうことだ）

店の前まで行って声をかけてみたが、うんともすんとも返事がない。周囲を見まわして、まだ店を閉める時間ではないとあらためて思う。

昨夜は伝次郎の家に来るようなことをいって来なかった。今朝は早く家を出て、店は閉めたままだ。

なにかあれば、相談のひとつぐらいありそうだが、それもない。忘れかけていた為七の言葉がまたもや甦《よみがえ》り、伝次郎は常にない気持ちになった。

為七がいったように、自分の他にいい男がいるのかもしれない。それもいままで自分が気づかなかった相手だ。千草も悟られないように、そのことをうまく誤魔化していたのかもしれない。

現に自分と千草の関係をあやしんでいるものはいても、深い間柄になっていることを知っているものはいない。それはお互いに十分気を配っているからだ。それと同じことを千草が他の男とやっていたとしたら、自分は遊ばれていることになる。

（まさか）

と、思いはするが、いやがうえにも千草に対する疑念が生じてくる。為七からあんな話を聞かなければ、ずっと気づかなかったかもしれない。

しかし、それは勝手な自分の思い過ごしで、千草の身の上に抜き差しならないことが起きているのかもしれない。

伝次郎はお幸を訪ねてみようかと思った。しかし、そんなことをすれば、お幸が変な勘ぐりをするかもしれない。また、自分の焦《じ》れた気持ちをさらしたくもない。伝次郎はいつもの伝次郎らしくなく、ひとりやきもきするしかない。それでも、一応千草の長屋をそっとのぞきに行った。やはり腰高障子にあかりはなく、戸も閉まったままだった。

(いったいどこへ行ってんだ)

遠くの闇を凝視してそう思ったとき、はっとなった。ひょっとすると昨夜のことを詫びるために、自分の家で待っているのかもしれない。

あわい期待だったが、考えられないことではない。伝次郎は足を速めて、自宅へ急いだ。

しかし、長屋の入り口にも路地にも千草の姿はなかった。

いてほしい、待っていてほしいという希望と期待を抱いていただけに、なんだか裏切られたような感情が胸の内に広がった。

若い頃に、似たような気持ちになったことがあるが、まさか四十過ぎたいい大人になって、そんな気持ちになる自分が不甲斐《ふがい》なかった。

それでも戸に手紙か書き置きが挟んであるのではないかと、あわい期待をする自分が情けない。もちろん、そんなものはなかった。

伝次郎は居間にあがると、行灯に火をともした。暗い闇がうすいあかりに染められたが、寂寞《せきばく》とした感情が胸の内を占めていた。

「まったくおれとしたことが……」

声に出してつぶやき、両手で頬を包むようにたたいた。はっと息を吐き、口を真一文字に引き結ぶ。これじゃまるで子供だと、自分をけなす。

そのとき、戸が小さくたたかれた。伝次郎ははじかれたように、そっちを見て立ちあがった。

「沢村さん、いらっしゃいますか」

声は千草ではなかった。

六

戸を開けると、今朝会ったばかりの河野正蔵が、かたい顔で立っていた。急いできたらしく息が荒い。

「どうした?」

「手を貸してもらえませんか。松村が、松村道之助が危ない目にあっているんです」

「どういうことだ?」

「詳しいことはあとで話します。松村が殺されるかもしれないんです」

「なにッ」

「相手は人数が多いんで、手が足りません。よもやこんなことになるとは思いもしないことで。お願いです、人助けだと思って、力をお貸しください」

必死の形相《ぎょうそう》がいまにも泣きそうになった。妙なことには関わりたくないと思う伝次郎だが、はねつけるわけにはいかない。

「待っておれ」

伝次郎は急いで居間に戻ると、愛刀・井上真改《いのうえしんかい》をつかんだ。

「案内しろ」

いわれるまでもなく、正蔵は先に駆けだした。あとを追う伝次郎だが、まったく要領を得ない。今朝相談を持ちかけられたと思ったら、その日のうちに騒ぎに巻き込まれようとしている。

（いったいなんだというんだ）

はなはだ迷惑だと思う伝次郎は、内心で愚痴《ぐち》りながらも正蔵についてゆく。

河岸道を駆け、一ツ目之橋をわたり、尾上町を過ぎた。行ったのは大川《おおかわ》沿いにある石置場《いしおきば》だった。七百五十五坪ほどの広さのある場所で、ほうぼうに物揚場《ものあげば》からあげられた石が、ぞんざいに積んである。人の姿はない。

「こっちだ」

ひそめられた声が近くの暗がりからして、灌木《かんぼく》の陰から海老沼仙之助が腰をかがめて出てきた。そのましゃがめという。

「いったいなんの騒ぎだ」

「申しわけありません。今朝話した一件ですが、相手を見つけたのです。それで抜荷の場を見張っていたところ、先に見つけられてしまいまして……」

低声《こごえ》で話す海老沼は緊張している。

「わけがわからん」

「申しわけありません。こうなったらみなまで話します。今朝もいいましたが、わたしたちは井上作右衛門様に雇われて動いています」

「老中・水野様のご用人だな」

「さよう。狙いは抜荷をしている賊の正体を暴くことです。賊には、おそらく幕府重臣が関わっているはずです。それで、今日ある商家を突きとめました。元町《もとまち》（南本所元町）にある津ノ国屋《つのくにや》という大きな小間物《こまもの》問屋ですが、見張りをしているときに松村道之助が疑われて、連れて行かれたのです」

「連れて行かれた……」

海老沼は黙ってうなずく。伝次郎は暗がりでも夜目《よめ》が利くようになったので、海老沼の緊迫した表情を読み取ることができた。

「あやしまれただけかもしれませんが、無事に帰ってくるかどうかわかりません」

伝次郎はひとつ息を吸ってから、

「抜荷の品はなんだ？」

と聞いた。

「金《きん》です。金は津ノ国屋には置かれず、どこかに流されるか、ため込まれているはずです。これまでも再三同じことが行われてきたようで、その高は二、三千両にはなるといいます」

「そんなに……」

伝次郎は驚くしかない。金は国外に放出できない、いわゆる禁制品である。

「井上様は、このことは公にできないとおっしゃる。公にすれば幕府の体面に関わることだからでしょう」

「しかし、抜荷は立派な罪だ。しかも、金ともなればただ事ではない」

「本来、その金は日本橋本町《にほんばしほんちょう》一丁目の、後藤《ごとう》家に納められるはずのものです」

金座《きんざ》は銀座《ぎんざ》年寄《としより》・後藤三右衛門《さんえもん》が御金改役となって世襲《せしゅう》で引き継いでいる。改《かい》鋳《ちゅう》や鋳造《ちゅうぞう》は後藤家の屋敷で行われていた。

「このことを御番所は……」

海老沼は首を横に振って、町奉行所にはなにも知らされていないと付け足した。

「それだけ大っぴらにできないということです。もし、これが露見《ろけん》すれば、多くの人が詰め腹を切らなければならない。井上様は穏便にことを収めたいお考えです。それゆえ、他言無用に願います」

「公儀目付《めつけ》が動いてもおかしくないことではないか」

「目付は動いていません。抜荷を画策《かくさく》しているのは、ひょっとすると水野様の側近かもしれないのです。もし、そうであれば、老中職になられた水野様が失脚するやもしれません。だから、この一件は内々《うちうち》で片付けなければならないのです」

「なるほど、そうか。それで松村はどこへ連れて行かれたんだ？」

「いったん津ノ国屋に連れて行かれましたが、あとのことはわかりません。それに、わたしらのことを探しているものたちがいます。へたに表に出ていけないので、ここに身をひそめていたんです」

伝次郎は濃い闇の中に目を凝らした。

どうやら海老沼は、こういったことに不慣れのようだ。やることが後手《ごて》にまわっているし、見張りに気づかれるのは素人と同じである。

「相手の数は?」

　伝次郎は海老沼に顔を戻した。

「おそらく十人は下らないでしょう。みんな浪人か職人の風体です」

「とにかく松村道之助を探すことが先だな。津ノ国屋に連れて行かれたのなら、津ノ国屋を見張るしかない」

「あのあたりには目を光らせているものがいます。松村が自分たちのことを話していれば、なかなか近づけるものではありません」

「だからおれを呼んだのか」

「他に手立てを思いつかなかったのです。それに沢村さんの家が近いことにも気づきまして……」

「ま、いい。とにかく津ノ国屋を見に行く。二人はおれから離れて、あとをついてきてくれ」

伝次郎は立ちあがって、一度周囲を見まわした。人の気配はない。

「では、まいるぞ」

第三章　遠雷

一

津ノ国屋は、元町の中ほどにあった。両国《りょうごく》東広小路から少し南に入ったところだ。すでに表戸は下ろされているが、店の中にはあかりが見える。

間口七、八間はある大きな商家だから、奉公人の数もそれなりのはずだ。

四つ（午後十時）前なので、料理屋や居酒屋の軒行灯が夜闇に目立つ。伝次郎は夜空を見あげてから津ノ国屋の前を通り過ぎた。酔っている三人の職人とすれちがい、急ぎ足であるく女とすれちがった。広小路は閑散としているが、通行人の影はある。

伝次郎は津ノ国屋の裏にまわった。細い路地の先に裏木戸があった。その路地は月や星あかりを遮られて闇に呑み込まれている。小店があるが、どこの店も閉まっていた。

松村道之助を捕まえた連中は、表戸からは出てこないだろう。出てくるとすれば、もっと夜が更《ふ》けてからのはずだ。すると、裏口を見張るのが妥当だった。

かといって適当な見張場はない。伝次郎は背後を振り返った。軒下の暗がりに海老沼と河野正蔵の影がある。伝次郎は二人のところへ戻った。

「裏を見張る。ひとりは表を見張ってくれるか」

「では、わたしが」

表を見張る役を正蔵が請け負った。

「もし、松村を連れた賊が表にあらわれても、へたなことはするな。行き先を突きとめるだけでいい。余裕があれば、おれたちに知らせてくれ」

「行き先がわかったらどうします？」

「おれの家を連絡場《つなぎ》にしよう」

「わかりました」

正蔵が表に戻っていくと、伝次郎と海老沼は、津ノ国屋の裏木戸に近い暗がりに身をひそめた。人ひとりがやっと通れるという猫道だ。

「なぜ、捕まるようなことを……」

伝次郎は津ノ国屋の裏木戸に目を向けたまま聞く。

「北河岸《きたがし》から揚がった荷がありました。いつもより多いんで、これはおかしいと思い、尾《つ》けていったんですが、そのとき松村があやしまれて声をかけられたんです。誤魔化そうとしたようですが、相手が先に刀を抜いて脅してきまして、そのときわたしたちに向かって逃げろと声をかけたんです。まったく、声などかけおって……」

海老沼は舌打ちをして、仕方なく自分たちも逃げることになったと話した。

「それはいつのことで……」

「まだ半刻《はんとき》もたっていません」

そのころ、津ノ国屋は暖簾を下ろしていたはずだ。また、そんな時分に北河岸から荷が揚げられるのはおかしい。北河岸とは相生町《あいおいちょう》河岸のことである。

津ノ国屋に動きはなかった。静かに時が流れてゆくだけだ。どことなく間延びした犬の鳴き声がして、一方の家の戸が開いて人の顔がのぞいたが、すぐにまた引っ込んで戸が閉じられた。

路地の東側は回向院《えこういん》前の通りだ。土地の者は土手側と呼んでいる。その通りには、ときおり提灯をさげた人の姿があった。

その通りから三人の男がやってきたのは、伝次郎と海老沼が見張りをはじめてから小半刻ほど過ぎた頃だった。

伝次郎と海老沼は闇が一層濃い猫道の奥に下がって、息をひそめた。さて、三人の男は案の定、津ノ国屋の裏木戸をたたいた。そして、戸の開く音が聞こえた。

伝次郎は猫道を戻って耳をすませた。すでに裏木戸は閉まっているが、ひそめられた声が聞こえてきた。だが、拾えた声は断片的だった。

「いやってほど脅してきただけだ」

「……殺しゃしない。……」

「……北河岸の舟ん中でくたばってる。それより……」

あとは男たちが店の中に入る気配があり、なにも聞こえなくなった。

「松村は、北河岸だ」

伝次郎は海老沼を振り返っていうと、猫道を出て北河岸に向かった。

北河岸は竪川《たてかわ》に沿って、相生町一丁目から五丁目に延びている。材木屋が多いので木挽《こびき》小屋が二ヵ所あり、その他に船大工小屋が一ヵ所ある。あとは土蔵だ。河岸場には猪牙や荷舟などが、数え切れないほど舫《もや》われていた。

二人で探すのは大変なので、伝次郎は海老沼に正蔵を呼びにやらせた。その間ひとりで、繋《つな》がれている舟をあらためていった。竪川は穏やかに流れていて、ときおり舟同士がぶつかる乾いた音がした。

「松村、どこだ。聞こえたら返事をしろ」

伝次郎は小さな声で呼びかけながら、一艘《そう》一艘の舟を見ていった。

四つの鐘の音が空をわたっていったとき、海老沼と正蔵がやってきた。三人は手分けして松村道之助探しをした。

松村を見つけたのは伝次郎だった。相生町二丁目にある、木挽小屋の前に繋がれている舟に横たわっていた。

「おい、大丈夫か」

声をかけると、松村は胸のあたりを押さえて、蚊の鳴くような声で返事をした。

「なんとか……。沢村さんですね」

松村のうつろな目が星あかりに光っていた。ひしゃげた団子鼻のあたりが血に染まっているのもわかった。

「立てるか?」

伝次郎が手を貸すと、苦しそうに半身を起こして、短く咳《せき》をした。海老沼と正蔵が気づいて駆け寄ってきた。その間に伝次郎は、松村の怪我の具合を調べた。あばら骨が折れているのがわかった。

腕や太股にもひどい打撲があるようだ。松村はまともに立てなかった。

「手を貸してくれ。とにかく舟からあげよう」

伝次郎は海老沼と正蔵に手伝わせて、松村を河岸道にあげた。

二

とにかく松村の手当てをしなければならないので、伝次郎は自分の家に連れて行こうといったが、海老沼はそれでは迷惑をかけるばかりだ、自分たちは近くに家を借りているので、そこへ連れて行くと聞かない。

「それはどこだ？」

「菊川町《きくかわちょう》です。沢村さんの家に行くのと大して変わりません」

伝次郎は海老沼に折れて、三人で松村を庇《かば》いながら河岸道を歩いた。松村はまともに歩くことができない。足も打撲だけではすんでいないようだ。

三ツ目之橋をわたり、南辻橋《みなみつじばし》の手前を右に折れ、大横川《おおよこがわ》沿いに歩いてすぐのところに海老沼たちが借りている家があった。長屋ではなく空き店だった。

店の中はがらんとしており、間に合わせの調度《ちょうど》の品があるだけだった。松村を居間に寝かせた伝次郎はあらためて、怪我の具合を診ていった。

やはり、胸のあばら骨が折れていた。気になるのは、右足のひどい打撲だった。用心深く触診したが、骨は折れていないようだ。

「おそらく足には罅《ひび》が入ってるんだろう。しばらくは足を動かさないようにして、休むしかない」

「よくそんなことがわかりますね」

正蔵が感心したような顔でいう。

「この程度ならおれにもわかる。それより殺されなくてよかった」

それはそうだ、と海老沼もやっと安堵《あんど》したようにいって、松村に顔を向けた。

「それでおれたちのことを喋ったんじゃないだろうな」

「大事なことはなにも話してません。あのものらが、なぜ嗅《か》ぎまわるようなことをする、というんで、あんな刻限に河岸場から荷が揚がるのがめずらしいから、どんな荷なんだろうと、気になったのだといっただけです。やつらはそれだけかといいましたが、わたしは白を切りつづけました」

松村はときどき、苦しそうに大きく息を吸いながら答えた。

「おれたちのことを聞かれたのではないか。おまえはあいつらに捕まったとき、おれと正蔵に逃げろといったんだ」

「それも聞かれましたが、いやな胸騒ぎがしたので、連れに注意しただけだといいました。信用したふうじゃありませんでしたが、他のことはなにも喋っていません。どこの家中のものかとも聞かれましたが、そんなものはないといっておきました」

「それで、こんなひどい目に……」

正蔵は濃い頬ひげをなでながら、同情の眼差しを松村に向けた。

「送って行ってやるといわれたんですが、北河岸の蔵地に連れて行かれて、いきなり殴られたんです。抗《あらが》ったんですが、相手は三人で、結局は袋だたきです。気づいたときは舟の中に寝ていました。体が治ったら、たっぷりお礼参りしてやる」

「仕返しなど考えなくていい。それでやつらは何者だ。話を聞いたんじゃないのか？」

「それがわからないんです」

松村は海老沼に首を振ってつづけた。

「津ノ国屋に連れて行かれると、そのまま人目のない土蔵に押し込まれまして、あれこれ聞かれただけです」

「それから北河岸に連れて行かれて、袋だたきにあったというのか」

「さようです」

松村は正蔵から濡れ手拭いを受け取って、鼻や口のまわりにこびりついている血をぬぐった。殴られた片頬が赤黒く腫れていた。髷も乱れ放題だ。

「津ノ国屋には店の奉公人もいたんじゃないのか。あれだけ大きな店なんだ」

伝次郎が聞いた。

「気づかなかっただけかもしれませんが、奉公人も津ノ国屋の主の顔も見ませんでした」

「……奇妙だな」

伝次郎はつぶやいてから、天井の隅に張っている蜘蛛《くも》の巣を見て、顔を戻した。

「店に運ばれた荷の大きさや量はいかほどだった」

その問いには、海老沼が答えた。

「荷は多くありません。柳行李《やなぎごうり》ほどの大きさの木箱が三つです」

「すると、そのなかに金が入っていると……」

「おそらくそうにちがいないでしょう」

「あんたは、これから禁制品になるものも抜荷されているようなことをいったな」

「まだ、禁制の品ではありませんが、金簪《きんかんざし》や金の笄《こうがい》、あるいは金煙管といったものです。とにかく金で作った品です。今夜、津ノ国屋に運び込まれたのもそうかもしれません」

「だったら、禁制品ではないから咎められはしない」

「おっしゃるとおりです。しかし、金の抜荷に津ノ国屋が一枚噛んでいるのは、ほぼまちがいないはずです」

「では、まだたしかな証拠はつかんでいないと、そういうことか……」

伝次郎はじっと海老沼を見つめた。

「証拠はまだです。ですが、何度か津ノ国屋の舟が竪川を東に向かっています。その舟を調べれば、きっと抜荷された金が出てくるはずです」

「そのためにおれに助を頼みたかったというわけか……」

伝次郎はようやく納得がいった。

「松村がこうなったように、一筋縄《ひとすじなわ》ではいかない相手です。沢村さんでしたら申し分ないと思っているのです」

「話はわかった。だが、証拠をつかんでいなけりゃ、むやみに手は出せぬだろう」

「おっしゃるとおりです。しかし、なにもしないわけにはいきません」

伝次郎はしばらく沈思《ちんし》した。

そんな様子を、海老沼と正蔵が息を呑んだような顔で見てくる。

「話からすると、今夜津ノ国屋に運ばれた荷は、津ノ国屋に溜め置かれるか、どこかに運ばれるということだな」

「おそらく運ばれるはずです。それは明日かもしれませんし、三日後かもしれません」

「すると、どこへ運ばれるのか、突きとめるのが先か、ふむ……」

「手を貸してもらえますか」

身を乗りだしていう海老沼に、伝次郎はゆっくり顔を向けた。

「いまさらいやだとはいえなくなってるじゃねえか」

そういった伝次郎は、明日からのことを手短《てみじか》に打ち合わせをして、三人と別れた。

表に出たときには、夜の闇はさらに濃くなっており、河岸道や町屋にあったあかりはすっかり消えていた。

道に帯のように延びているあかりは、自身番から漏れているのだった。

三

千草に会ったのは、それから二日後の昼間だった。

「あら」

開け放しの戸から店に入ると、掃除をしていた千草が伝次郎を振り返った。いつものように笑みを浮かべはしたが、どこかにかたさがあった。

「忙しいのかい」

伝次郎はそういって小上がりの縁に腰をおろした。先日のことを聞きたいが、敢えてなにもいわないことにした。

「忙しいって、いつもと変わりませんよ。でも、この前はごめんなさい」

千草は箒を脇に置いて、頭を下げた。

「あの晩のことか。気にすることはない、疲れていたんだろう」

伝次郎は目をあわせずに煙草入れを出した。あの夜のことや、為七のいった男のことを穿鑿したい気持ちはあるが、ぐっと抑えた。

「じつは困ったことがあるんです」

伝次郎は煙管をつかんだまま顔をあげた。千草が隣に来て腰かける。

「うちの兄がやってきたんです。以前、それとなく話したと思いますけど、うまくいっていないようなんです」

「兄さんというのは、弥一郎という人か……たしか鶴牧のほうで仕事をしているといっていたな。うまくいっていないというのは……」

「鶴牧城下にある剣術道場で師範代をしていたんですが、道場がつぶれるというんです。それで、江戸に戻ってきて仕事を見つけようと考えているんですけど、当然仕官の口などありませんし、道場に雇ってもらうのもなかなか難しいらしいのです」

「……」

「それで、刀を捨てて職人になろうかとか商人になろうかとかいうんですけど、もう年が年ですから、どこも雇うところはないでしょうし、職人になるにしても修業からはじめなきゃならないでしょう。読み書き算盤《そろばん》ができても、やはり商家勤めとなると、難しいはずです。それに、兄に商いの才覚があるとは思えないし」

「本人はその気なのか……」

「迷っているようなんです。そこへご新造《しんぞう》のお糸《いと》さんが子供を連れてやってきたはいいんですけど、子供が病気になって寝込んでしまって……」

「そりゃ大変じゃないか。重い病気か……」

「熱が下がらないので心配しているところです」

「どこにいるんだ？」

「住吉町《すみよしちょう》の遠縁の家にお世話になっています」

「……ご新造はなんといってるんだ？」

「あの人は兄に口答えできる人じゃないんで、黙っています。わたしもなにかしてあげたいんですけど、できることってなにもありませんから……」

千草は顔を曇らせる。

「その道場のほうはどうにもならないのか？」

「城下といっても、やはり在《ざい》なので人が集まらないばかりか、門弟がつぎつぎとやめていくらしいんです。飢饉のせいで、上総はどこも苦しいといいます」

飢饉というのは、ここ数年の異常気象による作物の不作に伴う、米価高騰だった。江戸もそのあおりを受けており、諸色は上がるばかりだった。

地方にあっては一揆《いっき》や打ち壊しが頻発《ひんぱつ》しているし、食うに食えなくなった百姓や無宿《むしゅく》者が江戸に流れてきて悪さをするようにもなっている。

「千草のたったひとりの兄さんなんだから、なんとかしなきゃならねえな」

「そういう気持ちはあっても、これればかりは兄次第ということになります。もう立派な大人なのですからね。かといって、放っておくわけにもいきません」

「弥一郎さんだったな」

「はい」

千草が顔をまっすぐ向けてくる。表の光を受けたその顔はいつもと変わらず、すっきりと美しいが、隠すことのできない苦悩の色がある。

「向こうに仕事はないのだろうか」

「鶴牧では無理だといいます。江戸に自分の道場をかまえられれば、それに越したことはないんでしょうけど、元手《もとで》もかかるし、おいそれとできることではありません」

伝次郎は表を眺めた。

雲が西から東に急速な勢いで流れている。天気の崩れる兆候だ。そのせいで日が翳《かげ》ったり射したりを繰り返している。

困り果てた千草の顔を見ると、なんとか力になってやりたいと思うが、いまの伝次郎にはなにもできることなどない。

「こんちは。今日はどうです」

二人して押し黙っていると、豆腐屋がひょっこり顔をみせた。

「ちょうどよかったわ。仕入れようと思っていたところなの」

千草は伝次郎に「ごめんなさい」といって、表にいる豆腐屋のところに行った。

豆腐を何丁、おからをいかほどなどとやり取りをしている千草は、常と変わらない。

そんな姿を見るともなしに見て、伝次郎は煙管を吹かした。

千草の兄一家のことはともかく、あの晩自分の家に来なかった千草にそれなりのわけがあったことを知り、安堵していた。やはり取り越し苦労だったのだ。

あの晩、弥一郎の子供が熱を出して呼ばれたのかもしれないし、弥一郎が閉店を見計らって相談に来たのかもしれない。翌日の昼間もいなかったが、それも弥一郎に会っていたのだろう。

豆腐屋と短いやり取りをした千草は、何度か伝次郎の前を行き来した。豆腐を入れる鍋を取りに行ったり、それを板場に置きに行ったり、勘定をするためだったりした。

「ひょっとして兄さんが来たとき、為七がいなかったか……」

前垂れで手を拭きながら板場から出てきた千草に聞くと、きょとんと首をかしげた。

「為七がそんなことをいってたんでな」

伝次郎はさらりと誤魔化した。為七の言葉を半ば信じ、千草を疑っている自分がいやになるが、たしかめておきたかった。

「……そういえば、兄さんが来たとき、為さんがあとから入ってきたんだったわ。為さん、なにかいってまして……」

「いや、なんてことはない。見慣れない客がいたと聞いただけだ」

伝次郎は煙管を煙草盆に打ちつけて、腰をあげた。

「舟がもうすぐ出来そうなんだ」

「それはよかったわ。ねえ、伝次郎さん、ちょっと……」

千草が目をあわせてきて、板場のほうに下がっていき、また振り返った。目に潤んだような光があった。来て、とつぶやいて誘いかける。

伝次郎が板場のそばに行くと、千草が手をつかんできた。

「抱いてください」

そういった千草は自ら、伝次郎の胸に頭を預けてきた。長暖簾が掛かっていて、表からは見えないようになっている。

「寂しかったんです。会えなかったから……」

千草はすいと顎をあげる。唇がすぐそばにあった。伝次郎が腰に手をまわすと、千草が首に両手をまわしてきた。そのまま短い口づけをしたが、先に千草が離れた。

「来てくれて嬉しかった」

最前の悩ましげな顔とは一変した表情になっていた。

「おれも会えてよかった」

「今夜、店に来てくれますか?」

「うん」

伝次郎はそのまま千草の店を出た。

ここ数日、心を焦らしていたものがすっかり払われ、胸が高鳴っていた。為七に妙なことをいわれたばかりに、勝手な想像をしていた自分が滑稽《こっけい》なほどだった。

(まったくおれとしたことが……)

内心でつぶやき、自嘲《じちょう》めいた笑みを口の端に浮かべた。

四

それは、中橋《なかばし》をわたる途中だった。すぐそばにある河岸場の舟着場を見て、伝次郎は目をみはった。

舟着場につけられたばかりの、真新しい猪牙舟から小平次と次郎作《じろさく》という見習いが降りて、舟を舫っているのだった。

「小平次」

伝次郎が橋の上から声をかけると、小平次と次郎作が見あげてきた。

「やあ、伝次郎さん、いいところで会った。ほら、あんたの舟だ。いい仕上がりだよ」

小平次が自慢げな顔をして、嬉しそうに笑った。次郎作も白い歯をこぼしている。

伝次郎は急いで二人のいる舟着場に下りた。そのまましげしげと完成した自分の舟を眺めた。真新しいのはいうまでもないが、見ただけでしっかりした造りだとわかる。それに極印《ごくいん》まで焼きつけてあった。

「極印も……」

「面倒だから、あっしが乗り心地《ごこち》をたしかめながら役所まで行ってきたよ」

「そこまでしてくれたのか。いやすまねえな」

江戸といわず関東一円は河川が発達しており、舟運《しゅううん》がさかんである。幕府は舟の実情を把握する必要があり、商業用の舟を登録させ、寸法などにより徴収する税を決めていた。その対象になる舟は、川船改役《かわぶねあらためやく》へ届けて極印を捺《お》してもらわなければならなかった。

これは新造船や中古船の売買だけでなく、つぶれ船や破船、あるいは流れ舟も届け出なければならない。この際の届け出は、船主か船大工のいずれかでよかった。

「伝次郎さん、これを見てください」

次郎作が舟に乗り込んで櫓床の下の戸を引き開けた。荷物入れだ。そして、艫《みよし》側の舟梁《ふなばり》の下にも物入れがあった。

一度、小平次に見せてもらっていたので驚きはしなかったが、見事な細工だった。それに舟全体がよく引き締まっていて、見栄《みば》えがいい。

「小平次、こんないい舟を造ってもらって礼をいう」

「あっしも満足してんでさ。いい仕上がりになりそうだから、夜なべして造っちまった。無性に早く仕上げたくなっちまってね」

それで予定より早く出来たわけだ。伝次郎は納得した。

「それで、あの古いほうだが、あっしのほうで勝手に始末しておいたよ。いや、思いの外傷《いた》みがひどかった。船虫《ふなむし》に食われているわ、腐っているわ。抜けている貫もあった。あれでよく持ったもんだと思ったよ」

「なにからなにまですまねえな。代金はすぐに払う」

「ああ、それなんだがね」

小平次は急に真顔になった。それから少し躊躇《ためら》ってから、

「ちょいと五両ほど足してくれりゃ助かるんです。いや、あっしは二十両といったからそれはそれでいいんですけどね、思いの外かかっちまったんです。まあ、こっちの勝手ない分なんで、伝次郎さんにおまかせしますが……」

と、さも申し訳なさそうな顔をする。伝次郎は微笑んで応じた。

「なに、端《はな》っから色をつけようと思っていたんだ。気にすることはない。それにこんないい仕上がりになったんで、満足だ。棹《さお》も櫓《ろ》も新しいじゃねえか」

「そういってもらって気が楽になりました。しかし、すいませんね」

「いや、いいんだよ。それで、このまま乗っていっていいのか？　金はあとで届けるが……」

「へえ、もちろんでさ」

小平次は鼻の下を人差し指でこすって答えた。

伝次郎は新しい自分の舟に乗り込んだ。雪駄《せった》を脱いで裸足になる。板の感触がいい。それから棹をつかんで、軽く振ってみた。棹もいい。ついでに櫓の具合もたしかめた。なにもかも大満足である。

次郎作が舫《もやい》をほどいてくれたので、伝次郎はそのまま棹で岸辺を押した。舟はすうっと、ミズスマシのように滑らかに水上を進んだ。

「小平次、いい舟だ」

そういってやると、小平次が満足げにうなずいた。

伝次郎はそのまま六間堀をゆっくり進んだ。雲の隙間から日が射し、舳の先をきらきらと輝かせた。水面に映り込んだ自分の影が揺れている。棹をさばくたびに、舟はすすっと進み、波をかきわける。

すれちがう舟があったが、どれもがくたびれた舟に見えた。

（月代《さかやき》を剃るか）

そう思ったのは、舟が新しくなったせいかもしれない。これまでは仇だった津久間戒蔵の目を誤魔化すために総髪にしていたが、もうその必要はない。

（髪結床《かみゆいどこ》に行こう）

千草へ抱いていた疑念も晴れ、舟も出来た。やはり、縁起《えんぎ》を担《かつ》いで髷を結いなおそうと思った。

もっとも、利兵衛のことや海老沼らの助《すけ》を忘れているわけではないが、普段《いつ》になく気持ちが高揚《こうよう》していた。

利兵衛と海老沼らのことをゆっくり考えたのは、髪結床で月代を剃り、髷を結ってもらっているときだった。

海老沼仙之助と河野正蔵には津ノ国屋の動きと、主人初五郎《はつごろう》の人間関係やその日その日の動きを洗いだすように指図している。大まかに津ノ国屋のことはわかっていたが、伝次郎が聞いた分ではまだ中途半端だった。

不正をただすための隠密裡《り》の調べであるが、動かしがたい証拠をつかんでもらいたかった。松村は相手に顔を知られているし、自由にならない体になっているので、ここは海老沼と正蔵の調べに期待するしかなかった。

「男前が上がりましたよ」

髪結いが髷を結い終えてから、鏡を見せてくれた。伝次郎は自分でも、少し若返ったような気がした。

髷を結い、舟が出来たこともあり、伝次郎は晴れ晴れとした気分になっていた。ただし、天気は下り坂で、西の空に鈍色《にびいろ》の厚い雲がせり出していた。

雨が降らないうちに小平次に舟の代金をわたすために、仕事場を訪ねると、のんびり煙草を喫《の》んでいた小平次が目をまるくした。

「こりゃ、別人が来たと思いましたよ」

そういって、ますます男ぶりがよくなったではないかと茶化す。

「これは代金だ。恩に着る」

伝次郎は二十五両をわたし、さらに二両付け足した。小平次はそれはいらないといったが、

「こういった目出度《めでた》いことにけちけちできるか。気分よく納めてくれ」

といってやると、小平次はそれじゃありがたくといって、金を押し戴いた。

「それで商売はいつからやるんです？」

「これからでもいいが、この空模様だ。様子を見てからってことだ」

伝次郎は空をあおいで答えた。

仕事は明日からでもしたいところだが、雨は避けたかった。問題は誰を最初の客にするかだ。真っ先に浮かぶのは千草である。

（やはり、千草だろう）

心を弾ませたまま伝次郎が家に戻って、すぐのことだった。利兵衛からの使いがやってきた。

「六つ前に、鳥越橋《とりごえばし》の先にある須川屋《すがわ》という料理屋で待っているそうです」

「須川屋だな」

「へえ、さようで……」

使いの男はそう答えると、そそくさと帰っていった。

今夜も尹三郎一家のところへ行くことになったことで、高揚していた伝次郎の気分が少し落ち込んだ。利兵衛は鷹揚《おうよう》にかまえているが、相手が相手だけに、どう出てくるかわからない。伝次郎は表情を引き締めて、着替えにかかった。

五

その日は夕刻になって、雨が降りだした。

強い降りではないが、伝次郎が長屋を出たときには、通りに水たまりが出来つつあった。すでに町屋は闇におおわれていて、商家や料理屋にはあかりがつけられていた。

約束の刻限に須川屋に入ると、すでに利兵衛と精次郎は来ていた。髷を結った伝次郎を見て、二人とも「あれ」という顔をした。

「髷を結われたせいか、若く見えますね。でも、このほうが伝次郎さんにはお似合いです」

利兵衛がそういえば、いつも口数の少ない精次郎も、

「なにかいいことでもありましたか」

という。

見た。

「気まぐれに結っただけだ。髷も悪くはない」

伝次郎ははぐらかすようなことをいってから、それでどうするんだ、と利兵衛を見た。

「約束までは半刻ばかりあります。まあ、小腹を満たしていきましょう。菜飯《なめし》とおかずは注文してありますが、なにか他に食べたいものがあれば遠慮なくどうぞ。ただし、酒は控えてもらいましょう」

「とくに食いたいものはない。そちらに合わせるさ。それで、今日も付き添っていくだけでいいんだな」

「はい、先日と同じように控えてくださっていれば、それで結構です。しかし、今日は月代を剃ってちゃんと髷を結われたので、立派な侍らしく見えます」

利兵衛は伝次郎をあらためて見て、茶をすすった。

「今夜は大きな駆け引きに出るんだろうが、話がまとまればいいな」

「そうなれば御《おん》の字《じ》ですが、尹三郎親分はきっと天秤《てんびん》にかけてくるでしょう。それに、こっちの足許を見るようなことを口にするかもしれません。やくざは吹っかけるのが上手ですからね」

そこへ菜飯と味噌汁、香《こう》の物、焼き魚が運ばれてきた。

利兵衛は飯に取りかかりながら、今夜うまく折り合いがつけられなくても、つぎには話をまとめると自信たっぷりに話す。

伝次郎にはどう話をまとめるのか、皆目《かいもく》見当がつかないが、とにかく利兵衛の目論見《もくろみ》どおり進めばいいと願うだけである。こういった面倒なことにはあまり関わりたくない。

腹拵えがすむと、そのまま店を出て尹三郎の屋敷に行ったが、先日とはちがい門の前から玄関まで若い衆が出迎えのために並んでいた。

その前を通ると、一斉に「いらっしゃいまし」と声をかけてくる。歓迎してくれているのだろうが、異様な雰囲気である。いやがうえにも緊張が高まり、表情が引き締まる。

玄関に入ると、若い衆が式台《しきだい》の奥に並んでいて深々と頭を下げて挨拶をしてくる。三人は番頭格の男に案内されて、先日と同じ座敷にとおされた。

尹三郎は上座にでんと腰を据えており、にこやかな顔で「まあ、こっちへこっちへ」と迎えてくれる。もちろんひとりではない。座敷の隅には五人の男が控えていて、伝次郎ら三人を無表情に見てくる。伝次郎は襖《ふすま》の向こうにも、人の気配を敏感に感じ取った。

前回は刀を預けさせられたが、今夜はそんなことはなかった。もしものことがあれば、部屋の隅に控えている男と、襖の向こうに控えている男たちが躍り込んでくるという寸法だ。

もっとも諍《いさか》いを起こすつもりなど毛頭《もうとう》ないのだから、気にすることはないが、それでも気色《きしょく》のいいものではない。

「そっちのお侍は、髷を結われましたか」

尹三郎が伝次郎を見ていう。口の端に小さな笑みを浮かべているが、やはり目つきはただものではない。

「よくお似合いですよ。お侍らしくなられました」

尹三郎は軽口をたたいてから、利兵衛にすうっと目を据えた。それを合図にしたように、利兵衛が口を開いた。

「お考えいただけましたでしょうか。親分にとって悪い話ではないと思うのですが……」

「たしかにそうだな。悪い話じゃねえ。あのあと、涎《よだれ》が垂れそうな話だとうちのものと話をしていたところだよ。だけど利兵衛さん、あんまり話がうますぎやしねえか。裏になにかあるんだろう。もし、そんなことがあとでわかったら、おれは黙っちゃいねえぜ」

「なにをお疑いでしょうか。わたしはいったことは守る男です。まさかわたしが嘘を並べて、親分を罠《わな》にかけようとしているなんて勘繰《かんぐ》っておいでしたら、とんだ誤解です」

「そうかい。しかし、もうひとつ話の先が見えねえんだ。あんたは月に六、七百両の儲けになるといった。なにもしねえでそんな儲けが出るとは思えねえんだ」

「いずれ、そうなります」

利兵衛はいつものとおり余裕の体で答える。

「ちょいとそのからくりというか、細かいことを教えてくれねえか。こういう渡世をしているせいか、頭のまわりが悪くてな」

へへっと、尹三郎は自嘲の笑みを浮かべて、長煙管に刻みを詰めてゆく。金めっきになっている煙管の雁首が、燭台《しょくだい》のあかりをきらきらと照り返した。

「ようございましょう。親分は老中・水野越前守忠邦様の名を耳にされたことはありませんか。浜松のお殿様ですが……」

「老中……浜松のって、大名かい」

尹三郎は雁首に火をつけようとした手を止めて、上目遣《うわめづか》いに利兵衛を見た。伝次郎も思いもよらぬ名前が出たことに驚き、利兵衛のでっぷりした横顔に視線を向けた。

「さようです。いまの将軍は家慶《いえよし》様ですが、先代の家斉《いえなり》様の力が強うございまして、思うような改革がなされていません。水野様も控えた動きしかしておられません。しかし、家斉様はだいぶ年を召されています。おそらく今年、あるいは来年あたりには、すっかり家慶様の時代になるはずです。そうなったとき、家慶様より厚い信頼を受けておられる水野越前守様が、大きくご活躍になるでしょう。いまは目立ったことはされていませんが、目につかないところで盛んに運動をされています」

「運動……」

「これから先のために布石《ふせき》を打っておられるということです。いずれ家慶様が実権をにぎられたら、その布石が活き、水野様の考えが幕府に行きわたります。そのときに、老中・水野忠邦様の名は広く世に知られるようになるでしょう」

そこまで利兵衛が話したときに、若い衆が茶を運んできた。丁寧に置いて、静かに下がっていく。利兵衛は早速、茶に手をのばして口をつけた。

伝次郎も茶を飲んだ。飲みながら、なぜ利兵衛はそんなに幕府重臣のことを知っているのだろうかと、不思議に思った。

「水野様にはいまの荒れた世を大きく改革される肚《はら》があります。それは、享保と寛政の政治を模範にすることです。贅沢を禁じ、質素倹約を奨励し、諸色の上がりを抑えることです。まあ、こんなことをいってもわかりにくいでしょうが、いずれ老中・水野様の時代がやってきて、江戸は大きく変わるということです。そこでわたしが目をつけたのが、花街です。いまある花街は厳しく取り締まられるでしょう。吉原《よしわら》も弾圧されるかもしれません。芝居や歌舞伎などもやり玉にあげられるでしょう。贅沢で風紀《ふうき》を乱すようなことが、見せしめにされるということです」

「そんなことは許されねえだろう。江戸っ子の楽しみを奪うってことじゃねえか」

「誰でも、そう思うはずです。しかし、いざ改革となれば、わたしども下々《しもじも》の声などお上に届きはしません。お触れにしたがって耐え忍ぶだけです。ところが、そこには必ず抜け道があります」

「抜け道……」

尹三郎は身を乗りだして聞き耳を立てる。

隣に座っている伝次郎も、いまや利兵衛の話に大いなる興味を覚えていた。

「はい、贅沢で華美《かび》なものは手に入らなくなる。芸者をあげて遊びたいが、大っぴらにはできない。しかし、人間には欲があり、それを抑えることはできません。陰でこっそりそんな欲を満たそうとするものがあらわれます。それには場所がいります。また、贅沢品が手に入らないとなれば、ますます欲しくなるのが人間です。裏取引が行われ、これまで一両で買えたものが、その十倍二十倍の値で取引されるようになるでしょう。まあ、わたしはものには興味ありませんが、花街には心を惹《ひ》きつけられます」

「するってえと、あんたのいっていることは二、三年先ってことじゃねえか」

「いえ、もう少し先を見越しての話です。ですが、その前に手を打っておくということです。大きな商いをするためには、それぐらい先のことを見越しておかなければならないんです」

「ちょいと待てよ」

話を遮った尹三郎は、腕を組んでしばらく考え込んだ。

利兵衛はその様子を楽しそうに眺め、ゆっくり茶を飲む。伝次郎は利兵衛のいまの話を聞いて、海老沼仙之助がひそかに内偵している津ノ国屋のことを思った。両者の話は辻褄《つじつま》の合うところがある。

（この男、水野家に近い人間なのか、それとも水野家に強いつてがあるのか……）

伝次郎はそんなことを思わずにはいられなかった。

「おまえさんがいったことが、来年かなうってわけじゃねえんだな」

考えを中断してから、尹三郎が口を開いた。

「早くすれば、来年あたりから徐々に利益を上げられるはずです。もしくは先に儲けて、逃げるという手もありますが……。まあ、商売は先走らず腰を据えてやったほうが賢いでしょう」

「おれの儲けは、それで月に七百両ばかりになるんだな」

「すぐにそうなるとはいい切れませんが、望みは大きいはずです」

「……そうかい。だがよ、おれにも別の話が来ていてな」

伝次郎は尹三郎を見た。尹三郎は人の腹の底を窺うような目つきになっていた。おそらく、利兵衛を試すつもりだろう。

「どんな話でしょう？」

利兵衛は平然と応じる。

「同じような儲けをさせるって話だ」

「ほう、それはいったいどこから来てるんでしょうか？　まあ、わたしは親分さんのご判断にまかせるしかありませんが……」

「それじゃ図面というわけにはいかんだろうが、これこれこういうことだから、こう見込めるみたいな、そんな筋書きを書いて見せてくれねえか。どうも呑み込みが悪くて、そうでもしてもらわなきゃわからねえんだ」

「ようございます。では、つぎにお会いするときに、わかりやすいように書面にしてきましょう」

「頼んだ」

「あ、それから、もしこの相談に乗れないとおっしゃるなら、わたしも他の方に相談しなければなりません。そのこともお考えくださいませ」

急に尹三郎の表情が引き締まり、双眸《そうぼう》に底光《そこびかり》を宿した。

「ああ、まあわかった」

六

雨が強くなっていた。周囲は真っ暗闇だ。

尹三郎の家を出て一町《ちょう》ほど行ったところに、小料理屋のあかりがあった。軒行灯は濡れた地面を光らせている。

「利兵衛さん、今夜の駆け引きをどう思う?」

伝次郎は利兵衛の横に並んで聞いた。

「やはりあの親分は狸です。ひょっとすると、竹鶴の旦那に話しているのかもしれません。いえ、おそらくそうでしょう。そして、竹鶴に尻持ちの金を吹っかけている」

「だが、あんたの話より旨みはないはずだ」

「そうでしょうが、わたしはいってみれば身ひとつ。店があるわけでも、目に見える財産があるわけでもない。大きな話をしているだけです。わたしが親分でも、疑ってかかるでしょう。要は親分の器量と、わたしの口説き方次第でしょう。この先、どうなるかはわたしにも見えなくなりました」

伝次郎は「おや」と思った。

端から勝算を見越しての尹三郎との掛け合いだったはずだ。利兵衛は尹三郎と話をするうちに、ちがう感触を持ったのかもしれない。

「どうなるかわからないでは、困るんじゃないのか」

「困りますが、これも相手あってのこと。尹三郎という親分は、目先のことしか考えられない人のようです。もっと器の大きな人だと思っていたのですが、どうやらわたしが買い被《かぶ》っていたのかもしれません」

「それじゃ竹鶴を手に入れるのが難しくなるんじゃないのか」

「他の手立てを考えておく必要があるようです。もっとも、つぎの話し合い次第でしょう。まったく脈がないわけではありません。親分はわたしの話に、強い興味をお持ちですからね」

それは伝次郎も同じだった。これから先、利兵衛がどんな手を打つのか、それが知りたくてたまらない。

「いずれにしろ、つぎに会ったとき、はっきりするはずです。それにしても、よく降りますね」

のんびりした調子でつぶやいた利兵衛は、しばらく黙って歩いた。

精次郎のさげている提灯のあかりにできた三人の影は、雨に吸い取られているようにうすい。番傘《ばんがさ》を打ちつける雨の音が、妙に大きく耳にひびいた。

三人は御蔵前《おくらまえ》の通りに出て、鳥越橋をわたった。

「少し、雨宿りしていきませんか」

利兵衛が提案した。

普段の伝次郎なら断ったかもしれないが、素直に応じた。

立ち寄ったのは竹鶴からほどないところにある、小さな居酒屋だった。雨のせいで客は少ない。柳橋の町も雨と闇にひっそり沈み込み、普段のにぎわいはなかった。

「ひとつ聞いていいかい？」

銚子が届けられると、伝次郎は利兵衛を見た。

「なんでしょう？」

「あんた、なぜお上のことに詳しい。さっき、老中・水野様のことを口にしただろう」

伝次郎は肴《さかな》の佃煮《つくだに》を口に入れた利兵衛を見つめる。

「あれは嘘やはったりではありませんよ。たしかな筋から聞いていることです」

「その筋とは……」

利兵衛は片頬に笑みを浮かべた。三人がいるのは居酒屋の隅で、雨の音も手伝い、店のものに話を聞かれる恐れはなかったし、他に客もいなかった。

「わたしは米相場で一山《ひとやま》あてました。しかし、それにはからくりがあります。からくりとは人のつてです。たしかなつてと種《たね》(情報)を仕入れられなければ、儲けは望めません。もちろん、それはあってはならないことですが、世の中とはそういうふうにできています。わたしは大坂で強いつてをつかんでいます。水野様のご家来です。名を明かすことはできませんが、偉い方です」

「それじゃ、井上作右衛門という名を聞いたことは……」

利兵衛の目に一瞬驚きの色が走ったのを、伝次郎は見逃さなかった。知っているのだ。

「なぜ、井上様のことを……」

「おれにもそれなりのつてがある。もとは御番所にいた人間だ。それを忘れちゃ困る」

伝次郎は嘯《うそぶ》いたが、どうやら海老沼仙之助らの探索はたしかに不正取り締まりのようだ。

「お見それしました。人を侮《あなど》ってはいけませんね。しかし、井上様がどうかされましたか？」

利兵衛が狡猾《こうかつ》な目を向けてきた。

「よくわからないが、昔の仲間に手を貸してくれと頼まれたことがある。だが、断った。その中に井上様の名が出ただけだ。詳しいことは聞かなかったので、それきりだ」

伝次郎は盃に口をつけた。さらに利兵衛が突っ込んだことを聞いてくるかと思ったが、なにもいわなかった。

二合の酒を飲むと、その店を出た。三人で大橋《おおはし》をわたり、東両国の町屋を抜けた。

「これじゃ舟も無理だね。仕方ない、歩いていきましょう」

利兵衛は一ツ目之橋の手前で、暗い竪川を眺めて、

「それじゃ伝次郎さん、また使いを出しますのでよろしくお願いします」

と、伝次郎に頭を下げた。

伝次郎はその場で、利兵衛と精次郎を見送ってから自宅長屋に向かった。雨を降らす暗い空をあおぎ見、海老沼仙之助と河野正蔵の調べがどこまで進んでいるのか気になった。細かい注意を与えているので、松村道之助の二の舞にはならないはずだ。

そう思っても、しくじったりしていないだろうか、という不安はぬぐいきれなかった。

家に帰って行灯に火をつけて、ひと息ついたとき、遠くから雷の音が聞こえてきた。それは何度も聞こえ、徐々に近づいていた。青い稲光が腰高障子にあたり、家の中をあかるくして、ひび割れたような雷鳴がとどろいた。

腰高障子が小さくたたかれたのは、伝次郎が奥の間に夜具《やぐ》を延《の》べたときだった。戸口を見ると、傘のしずくを落とす影がある。

「いま開ける」

戸口に行って戸を引き開けると、耳をつんざくような雷鳴に包まれた。同時に、小さな悲鳴をあげて、胸に飛び込んできたのは千草だった。

「なんだ、こんな早くに」

伝次郎は千草を受け止めていった。

「雨のせいでぱったり客足が止まったんで、早く閉めたんです」

わずかに顔をあげて見てくる千草の目が潤んでいる。ぴったり体をくっつけ合ったままなので、伝次郎はそのまま千草の唇に自分のをあてがった。千草も応えてくる。

傘を脇に落とし、両の腕を伝次郎の首にまわした。ひとしきり口づけをすると、伝次郎は千草を少し離した。

「濡れているじゃないか」

千草の着物は裾と肩がびしょ濡れだった。

「この前は失礼しました」

「気にすることはない」

「怒ってるんじゃないかと思って、心配していたんです」

「そんなことはない」

伝次郎がそういうなり、千草は唇を寄せてきた。そのまま二人は居間にもつれるように転がった。互いに帯をほどきあった。伝次郎が上半身をはだけると、千草は湯文字一枚になり、両の乳房をあらわにした。稲妻がその裸身を青く染めた。

「会いたかった……」

千草は伝次郎の耳許に声をそよがせ、体を寄せてくる。伝次郎の手は千草のくびれた腰から太股に這う。千草が小さく喘《あえ》ぐ。伝次郎は眠っていた男の欲を覚まし、千草のうなじに舌を這わせた。

千草の息づかいが荒くなり、両足を伝次郎の足にからませて力を入れる。ときおり青い光が家の中を満たし、小さく唇を開いて恍惚《こうこつ》の表情をしている千草の顔を照らす。雷鳴のとどろきに、その千草の喘ぎがかき消される。

二人はからみあったまま奥の夜具に移った。千草が求めてくる。伝次郎はその意思を感じて、千草の中にゆっくり入っていった。さざ波のように千草の皮膚がふるえる。

やがて、二人はしっかりひとつになり、深い愉悦《ゆえつ》の波に呑み込まれていった。

七

翌朝、雨は嘘のようにあがっていた。

六間堀は朝日をきらめかせ、燕たちが楽しそうに飛び交っている。

伝次郎は雁木《がんぎ》に腰をおろし、自分の新しい舟を眺めながら煙草を喫んでいた。そよ風が頬をなで、紫煙を吹き流してゆく。

舟底にたまった昨夜の雨水をすくいだしたところだった。船頭半纏《せんどうばんてん》に股引、腹掛けという恰好である。仕事に出ようと思うが、なにかがその思いを引き止めている。

千草を一番の客にしたいという思いがあるからなのか、それとも海老沼たちの調べが気になっているからなのか、自分でも判然としなかった。

ただひとついえるのは、自分が千草に抱いていたわだかまりが、昨夜完全にぬぐい去られたことだった。

千草も同様で、先日の約束を一方的に反故《ほご》にしたことを気に病んでいた。しかし、二人はかたく結び合うことで、互いの胸奥にあった小さな悩み事を解消していた。

「どうするか……」

伝次郎は石段の縁に雁首を打ちつけて灰を落とした。目を細めて、対岸の町屋を眺め、それから遠くに視線を投げた。

それからやおら腰をあげると、尻を払って舟着場を離れた。やはり海老沼たちの調べが気になっている。今日あたり連絡があるはずだ。

伝次郎は家で待つことにした。そんなはずはないが、家の中には千草の残り香があるような気がした。実際あるのかもしれないが、初夏の風が家の中を吹き抜けている。

千草はいつものように、明け方に床を抜けだして、自分の家に戻っていった。そのとき、ささやくようにいった。

「最初の客はわたしにしてくださいよ」

そういって、指切りを求めてきた。伝次郎は応じて、指をからめた。千草が初めて気づいたようなことを口にしたのは、そのときだった。

「いつ髷を結ったんです？」

「昨日だ。舟も新しくなったから験《げん》を担ごうと思ったんだ」

「よくお似合いです。それに、若返って見えます」

千草は嬉しそうに微笑んだ。

（そうだな、験を担いでおくべきだろう）

伝次郎はやはり、最初に舟に乗せるのは千草でなければならない、他の客はそのあとだと、あらためて思いを決めた。

家でじっと連絡を待つのがもどかしくなり、海老沼たちが借りている本所菊川町の空き店に行ったのは、昼四つ（午前十時）を過ぎた頃だった。

しかし、海老沼も正蔵もいなかった。無駄足覚悟だったので、そのまま自宅長屋に引き返して、腰を据えて二人の連絡を待つことにした。

昼間の長屋は静かである。ときどき、流しの行商が家の前を通っていったり、子供たちのはしゃぎ声がするぐらいだった。朝夕の喧噪《けんそう》はない。

「沢村さん」

開け放している戸口に河野正蔵が姿を見せたのは、日が少し西にまわりはじめた昼下がりだった。

「なにかわかったんだな」

「ええ」

正蔵は馬面を手の甲でぬぐって、三和土《たたき》に入ってきた。そのまま後ろ手で戸を閉めて、声をひそめる。

「津ノ国屋が持っている蔵がありました。今日はその蔵に、新たな荷が運ばれまして、海老沼さんと見張っていると、夕刻に佐藤新兵衛《さとうしんべえ》様が来ることがわかりました」

「佐藤、新兵衛……」

「老中水野様の公用人で、井上作右衛門様の下役《したやく》です。おそらく佐藤様は、津ノ国屋と手を組んで抜荷の差配《さはい》をしているんでしょう」

「公用人ともあろうものが……。それでその蔵には見張りがいるんだな」

「三人つけられています。無理に押し入って証拠をつかもうかと思いましたが、禁制品がしまわれていなければ、もし見つけられたときのいいわけのしようがありません。それで沢村さんの力を借りたいと思いまして……」

「よし、案内してくれ」

伝次郎は刀を持って、正蔵のあとを追った。

津ノ国屋の蔵は亀戸《かめいど》天神の東、柳島《やなぎしま》村の百姓家《ひやくしようや》にあるという。正蔵はその蔵を見つけるまでの経緯《いきさつ》をかいつまんで話した。

海老沼と正蔵は、伝次郎が注意を喚起したことを忠実に守り、津ノ国屋を巧妙に見張っていた。職人の姿に扮《ふん》したり、その辺の町人のなりをしたりして、ひそかに見張りをつづけ、直接、津ノ国屋に近づくことはせず、出入りの商人や客にそれとなく接近して話を聞いていくうちに、津ノ国屋が水野家の御用商人になったことがわかった。それも、公用人の佐藤新兵衛のはたらきかけだという。

「すると、主君の狙いを知っての奸計《かんけい》だということか」

伝次郎は河岸道の遠くをにらむように見る。これなら舟で来ればよかったと思ったが、舟を使うのはまず千草を乗せてからと決めている。

「水野越前守様が改革を進められれば、高直《こうじき》な簪や笄なども差し押さえになるでしょう。その前に、そのような高直なものをひとところに集めて、ひそかに売りさばく計略ではないかと、海老沼さんと推量しているところです」

「しかし、その品はまだ禁制ではない」

「おっしゃるとおりです。でも、抜荷の金が蔵に隠されていれば、ただ事ではありません」

「問題はその蔵に金があるかどうかだ」

伝次郎と正蔵は足を急がせた。

四ツ目之橋をわたり、北へ進み、柳島町から東へ折れた。そのまままっすぐ行けば、自ずと亀戸天神に至る。正蔵は歩きながら、髷を結われたのですね、といまさらながらのようにいって、よく似合っていますよ、と言葉を足した。

津ノ国屋の蔵は、亀戸天神から少し先の柳島村の百姓家にあった。正蔵は途中から道をそれ、雑木林《ぞうきばやし》の中に入った。少し行くと、茂みの中に身を隠していた海老沼が姿を見せた。

「蔵はあれです。さっきも新しい荷が運び込まれたばかりです」

伝次郎は海老沼のいう蔵に目を向けた。

新しい蔵である。大きくはない。十坪ほどの建坪で、地面から一間ほどが黒板壁で、その上は白漆喰《しっくい》壁だった。

百姓家の庭にひとりの男がいて、縁側にも二人の男が座っていた。いずれも浪人の身なりである。

「蔵の中になにがあるか調べたいのですが、あの見張りが邪魔です」

海老沼が藪《やぶ》をかきわけて、蔵に目を注ぐ。

伝次郎は空を見あげた。あかるい空が広がっている。日が暮れるには、まだ間がある。

「あの男たちはずっとここに……」

「交替でついているようです」

「少し様子を見よう」

伝次郎がそういったときだった。百姓家の庭に、ひとりの男が慌てた様子で駆け込んできた。

第四章　相談

一

「あれは、孫太郎《まごたろう》という津ノ国屋の手代《てだい》です」

正蔵がつぶやいた。

遠いので顔はよく見えないが、なにやら庭にいた男たちと言葉を交わしながら、背後を振り返っている。

誰か来るのかもしれない。伝次郎は孫太郎がやってきた道に目をやった。木立の向こうに、亀戸天神のほうに延びている道が垣間《かいま》見える。

目を庭に戻すと、孫太郎は庭を出ていった。ひとりの男が蔵の前に行ったが、壁に隠れて姿が見えなくなった。
他の二人は乱れている襟をなおし、庭の中ほどに立って姿勢を正した。
伝次郎たちは息を詰めて、しばらく成り行きを見守った。海老沼が結った髷につ
いてなにかいうかと思ったが、そんなことは一言も口にしなかった。それだけ心に
ゆとりがないのかもしれない。
ほどなくして身なりのいい武士が、二人の男をしたがえて百姓家に姿を見せた。
「おそらくあのお武家が、佐藤新兵衛殿でしょう。後ろにいるのは津ノ国屋の主・
初五郎と浪人らの頭格です」
海老沼が庭に目を向けたまま伝次郎に告げる。そのあとで、また人がやってきた。
三人の浪人と、さっきの孫太郎という手代だった。
佐藤新兵衛はあたりを警戒するように見まわすと、津ノ国屋といっしょに蔵に足
を向けた。他の者たちもあとにしたがう。伝次郎たちのいる場所からでは、蔵の扉
は見えない。
佐藤新兵衛は蔵の中のものを吟味するためにやってきたのだろうが、それがいっ
たいなんであるか、伝次郎たちにはたしかめる術《すべ》がない。

「どうします?」

海老沼が伝次郎に聞いた。

「蔵の中にあるものを持ち出すのではないだろう」

伝次郎は目の前を飛ぶ虫を、手で払いながら言葉を足した。

「連中がいなくなってから蔵の中をたしかめよう」

「見張りは残ってますよ」

「大勢残りはしないだろう。二、三人ならなんとかなる」

「まさか、斬るというのでは……」

正蔵が驚いたような顔を向けてきた。海老沼も目をみはっていた。

「そんな荒っぽいことはやらねえさ。とにかく暗くなるのを待とう。勝負は日が暮れてからだ」

そんなやり取りをしているうちに、連中が見える場所に戻ってきた。

佐藤新兵衛はまわりの者と短く言葉を交わすと、津ノ国屋初五郎と孫太郎、そしていっしょに来た浪人たちと来た道へ引き返していった。

百姓家には、見張りについていた三人の浪人だけが残った。彼らは佐藤新兵衛らの姿が見えなくなると、ほっとしたような顔で、縁側に座ってお喋りをはじめた。

「もし、あの蔵にあるのが金だったら、どうする？」

伝次郎は海老沼と正蔵を交互に見ながら聞いた。

答えたのは海老沼だった。

「まずは井上様にお知らせしなければなりませんが、その前に移されるようなことになったらことです」

「それじゃ、どうする？」

「沢村さんの舟を使えませんか。やつらの禁制の品を奪って、別の場所に移すんです」

「おれの舟を……」

伝次郎は顔をしかめた。最初に相談を受けたとき、舟は使えないといってある。しかし、海老沼と正蔵は、新しい舟が出来たことを知っているのかもしれない。伝次郎が逡巡《しゅんじゅん》していると、海老沼が口を開いた。

「沢村さんの舟が使えなければ、別の舟を借ります。話はつけてあるんで、いつでも借りることはできます」

伝次郎はそれを聞いて安堵した。

「手まわしがいいな」

「大事な役目ですから」


津ノ国屋初五郎は、亀戸に妾宅《しょうたく》を持っていた。十間川《じっけんがわ》に架かる天神橋《てんじんばし》のそばで、家のまわりは竹林になっている。大事なときなので、妾《めかけ》には留守をさせていた。

「これはよいところに家がある」

佐藤新兵衛は初五郎の妾宅の座敷に入って腰をおろした。扇子を開いてあおぐ。

「いま蚊遣《かや》りを焚《た》きますので、お待ちを。これ孫太郎、蚊遣りを頼むよ」

初五郎は手代の孫太郎に命じてから、自分も扇子を使った。

「気に入っている家ではありますが、夏になりますと、竹藪から蚊が湧いてくるのが難でございます」

「難のない家などめったにない。気にするな。しかし、そこの川に舟をつければ、明日の船に便船積みができる。蔵からもそう遠くないので、仕事は早く片づくだろう」

「大八車もこっちにまわすことになっています。今夜は蔵の荷をここに移して、明日の朝、艀舟《はしけ》で運ぶことにします」

「万事、うまく進んでいてなによりだ」

佐藤新兵衛は、孫太郎が運んできた茶を受け取って口をつけた。

「それで金の受けわたしなんでございますが、それはいかようなことになりますでしょうか？」

初五郎が手を揉みながら聞いてくる。たるんでいる目の下の皮膚が赤みを帯びていた。

「金は船に荷を積んだときに、半金を廻船問屋《かいせんどんや》が払ってくれる。荷が無事に着いたところで、残りの半金だ。約束はたがわぬから、心配いたすな」

「へえ、それはもう佐藤様のことですから心配はしておりませんが、船のほうが心配です。この時季は天気が崩れやすいので、よもや嵐にあいでもしたら大変なことでございます」

「船乗りを信じるしかなかろう。素人が船を操るんじゃない。それに船乗りは天気を読むことに長《た》けておる。危ないと思ったら、近くの港にいち早く避難する。案ずることはない」

「そうでございましょうが、手前は海のことや船のことはとんとわかりませんので……」

新兵衛は恥ずかしそうに頭をかく初五郎に、苦笑いを浮かべて、縁先の竹林を眺めた。西に傾いている日が、いくつもの光の条《すじ》を作っていた。

青い竹笹がかさかさと乾いた音を立てていた。

「六つ(午後六時)を過ぎたら、さっきの蔵に行く。その前に大八車をまわしておけ」

「もうその手はずはつけてあります」

「さようか……」

新兵衛は湯呑みをつかんで口に運んだ。

明日のことを考えると、思わず笑みが浮かぶ。荷を便船積みにしたら三百両。さらに半月後には、また三百両が懐に入ってくる計算である。都合六百両。

それだけの金があれば、出世や役目のことで気を揉む必要はなくなる。のんびり役目をこなしていけばいいだけのことであるし、早めの隠居を考えてもよい。

新兵衛は自分の人生が楽しくなってきた。

「もうひと仕事する前に、なにか召しあがりますか。小腹が空いていらっしゃれば、用意いたしますが」

初五郎が気を使ってくれる。

「腹が空いているのは、そのほうではないか……これ……」

新兵衛はわざと初五郎の出っ張っている腹を扇子で小突いた。

「わたしは平気でございますよ」

「ははは。まあ、飯はひと仕事してからだ。それからうまい酒を飲もうではないか」

二

日がゆっくり落ちてゆく。

茜《あかね》色の雲が紫紺《しこん》色に縁《ふち》取られ、徐々に翳りを見せ、南の空にひときわあかるい星が浮かびあがった。三羽の鴉《からす》が羽音を立て、どこへともなく去ってゆくのを見た伝次郎は、腕に吸いついてきた蚊をたたきつぶして腰をあげた。

「やろう」

伝次郎がつぶやけば、海老沼と正蔵は強くうなずいた。

百姓家にいる見張りは三人である。それに、もう家の中に引きこもっていて、さっきから姿が見えない。

伝次郎たちは日が暮れるのを待つ間、一台の大八車を借りて藪の中に隠していた。また、禁制品が蔵の中にあれば、証拠の品として竪川まで運び、そこで舟に移し換える算段も整えていた。

「おれと海老沼殿は戸口から、河野殿は裏口を頼む。まかりまちがっても殺してはならぬ。当て身を食らわせるだけだ。できるか……」

伝次郎は海老沼と正蔵を交互に見た。

二人とも「ぬかりはしません」と、目に強い意志の色を浮かべて応じた。

三人は木立の中を抜けると、百姓家の脇から庭に入った。正蔵が裏にまわる。

百姓家にはあかりがある。ときおり、小さな笑い声と、瀬戸物のぶつかる音が聞こえてきた。

伝次郎と海老沼は足音を忍ばせて、戸口に近づいた。戸は開け放してある。三人の見張りは、台所横の部屋にいる。障子にその影が映っていた。

伝次郎と海老沼は戸口の脇に、体をぴたりと寄せた。男たちは冗談をいいあっているらしく、ひときわ高い笑い声が起きた。

伝次郎は緊張気味の海老沼を見た。体格が似ているので、視線はほぼ同じ高さにある。しかし、表情はかたい。伝次郎は小さくうなずくと、足許の小石を拾って家の中に放り投げた。

こんと板壁にあたる音がして、男たちの話し声が途切れた。

「なんだ、いまのは？　おい、見てこい」

そんな声がして、ひとりの男が土間に下りる気配があった。伝次郎と海老沼は息を詰めて、耳をすます。男の足音が近づいてきた。一度立ち止まり、戸口までやってくる。それからゆっくり表に出てきた。

男が伝次郎に気づくのと、伝次郎が動くのは同時だった。右拳を鳩尾《みぞおち》にたたきつけ、後頭部に手刀《しゅとう》を打ちつけた。

男はあっけなく、膝からくずおれて倒れそうになったが、海老沼がさっと男の両脇に手を入れて抱えあげた。そのまま蔵横の暗がりに、寝かせて戻ってきた。

伝次郎はもう一度、小石を家の中に放った。今度はさっきより、高い音がひびいた。

「なんだ……。おい、川地《かわじ》なにやってんだ」

ひとりが声をあげた。川地というのは、たったいま気絶させられた男だろう。小さな舌打ちが聞こえ、おれが見てくるといって、ひとりの男が戸口のほうにやってきた。

歩きながら男は「おい川地、なにやってんだ。小便か……」と、のんきなことをいった。

その男はなんの躊躇《ためら》いもなく、敷居をまたいで戸口の外に姿を見せた。だが、すぐに伝次郎と海老沼に気づいて刀の柄《つか》に手をやった。

瞬間、伝次郎の手許が動いて刀の柄頭が、男の顎に炸裂《さくれつ》した。

「ぐッ……」

男はそのまま後ろへ倒れた。海老沼がすかさず男の体を支えようとしたが、一瞬遅れた。そのために背後の壁に男の頭があたって、大きな音がした。実際はさほどではなかったのだろうが、伝次郎にはやけに大きく聞こえた。

家に残っていたもうひとりが、異変に気づいて声をかけてくる。

「おい、なにやってんだ!」

伝次郎と海老沼は倒したばかりの男をそのままにして、壁に体をつけた。

「なにしてるんだ? 返事をしねえかッ」

男はもうそこまで来ていた。伝次郎は息を止めた。おかしいな、と男のつぶやき。そして、鞘《さや》から抜ける刀の音が聞こえた。

伝次郎の足許に、男の影がのびてきた。そのとき、倒れたばかりの男が「ううっ」とうめきを漏らした。

「木村《きむら》か、川地か……どうした……」

男は警戒している。戸口を出ようかどうしようか躊躇っている様子だ。

伝次郎は静かに息を吐いて、下腹に力を入れる。反対側の壁に張りついている海老沼が息を止めた顔で、伝次郎を見てきた。

そのときだった。家の中から男が勢いよく飛びだしてきた。しかも、刀を閃かせてである。伝次郎は当て身を食らわせることも、足を払うこともできなかった。

「あッ、てめえら、なにもん」

男はいうが早いか海老沼に斬りかかった。

海老沼は抜き様《ざま》の一刀で、相手の刀をはね返した。男はとっさに下がったが、横に立った伝次郎に気づき、素早く袈裟懸《けさが》けに刀を振ってきた。

伝次郎は右にまわり込んで、その一撃をかわすなり、脇腹に拳をたたき込んだ。たしかな手応えはあったが、男はすぐには倒れなかった。痛みを堪《こら》えて、刀を振りあげる。しかし、その動作はひどくのろかった。伝次郎は相手の懐に飛び込むなり、鉄拳を鳩尾に見舞った。

「ううッ……」

伝次郎は男がたしかに気を失ったのをたしかめた。その間に、海老沼は気を取り戻しそうになっていた木村の後ろ首に手刀を見舞って、もう一度気絶させた。

裏を見張っていた正蔵が、表の気配に気づいてすぐにやってきた。地面に三人の男が倒れているのを見て、うまくやりましたね、とうなずく。

「蔵を開けるんだ」

伝次郎の声でみんなは蔵に走って扉を開けようとしたが、びくともしない。錠前がかけられているのだ。

「あの男たちが持っているかも……」

正蔵が気を利かせて、三人の男たちの着衣を探っていった。鍵は木村という男の腰にさげられていた。それを使って錠前に合わせると、かちっと音がして錠が外れた。

扉を開けて蔵の中を見たが真っ暗だ。海老沼が蠟燭《ろうそく》をというと、正蔵が百姓家の中に駆け込んで、一本の蠟燭を持って戻ってきた。

暗い闇が蠟燭の灯火であかるくなった。奥に柳行李ほどの大きさの箱が積まれていた。数は多くない。十二、三箱だろう。

伝次郎たちはまず上の箱を地面に下ろした。かなりの重量だった。蓋《ふた》をこじ開けると、そこにまばゆいばかりの金の板があらわれた。

「抜荷の金だ」

海老沼がため息まじりにつぶやいた。

別の箱を調べると、そこにも同じような金の板が入っていた。

「これは全部金なのか」

海老沼が驚嘆したように目を見ひらく。伝次郎がそっちも調べようというと、今度は金ではなく銀の塊《かたまり》だった。

「まちがいない。佐藤新兵衛殿は津ノ国屋と組んで、金銀の抜荷をして一儲けしようという企みだったのだ」

「主君《しゅくん》を裏切る謀反《むほん》です」

正蔵が憤ったようにいう。

「それより、これは証拠の品だ。運び出すのが先だ。河野殿、大八車を」

伝次郎が指図すると、正蔵が蔵を飛びだしていった。だが、すぐに戻ってきて、

「大変です。男たちがやってきます」

と、顔を引きつらせていた。

「なんだと……」

海老沼が目を見はったとき、伝次郎の耳が男たちの足音をとらえた。それに大八車の音も重なった。

三

伝次郎たちは進退窮《きわ》まった。蔵の中にいれば、一網打尽《いちもうだじん》にされる。表に出れば見つかってしまう。しかし、逃げるならいましかない。

「いったん逃げましょう。捕まっては元も子もありません」

海老沼の言葉に、伝次郎も正蔵も異論はなかった。大八車の音がだんだん高く聞こえるようになっていた。

「ひとりずつ出ていくんだ。河野殿、おぬしが先だ。行け」

伝次郎が指図すると、正蔵が飛びだしていった。やってくる男たちの声が間近に聞こえるようになっていた。

伝次郎が二番目に飛びだし、海老沼があとにつづいた。そのときだった。戸口前に倒れていた木村が、むくりと起き出して、

「くせ者です」

と、やってくるものたちに知らせた。

同時に、男たちがあっちだと声をあげた。

「逃がすな！　引っ捕らえるのだ！」

声を張ったのは佐藤新兵衛だった。

伝次郎たちは木立の中に逃げ込んだが、龕灯《がんどう》をかざした浪人が先回りしていた。先を行っていた正蔵が引き返してきた。周囲にはあっちだ、逃がすなという声が満ち、提灯のあかりが揺れている。

「数は……」

立ち止まった伝次郎は、周囲に視線を走らせた。たしかな人数は数えられなかったが、七、八人とみた。

「どうします」

海老沼がこわばった顔を向けてくる。すでにまわりを囲まれている。逃げ道を封鎖されたようだ。

「仕方ない。戦うしかあるまい」

伝次郎は意を決して、前進するのをあきらめ、来た道を引き返した。

海老沼と正蔵が横に並んで、藪をかきわける。木立の中は漆黒《しっこく》の闇に包まれていて、歩くのも心許ない。

提灯と龕灯のあかりが向けられたときに、やっと足許がわかる程度だった。

「盗人め、こっちに来やがれッ」

浪人がそう喚《わめ》くなり、抜いている刀を振りかざした。背後を見ると、龕灯を持った男たち三人が迫っていた。

戦うには足場のよいところに移るしかない。木立を抜けた伝次郎は一方の開けたところに走った。行く手を塞《ふさ》ぐように三人の男が立ちはだかった。

「盗人め、容赦はせぬ」

自分のことを棚にあげて罵った男が、斬りかかってきた。

伝次郎は抜き様の一刀で、体をひねりながら相手の刀をすり落とすと、そのまま右にいた男の脛《すね》を刎《は》ね斬った。

「うわあー」

悲鳴をあげた男は、斬られた足を押さえて地面を転げまわった。

それにはかまわず、伝次郎は迫り来る男たちから逃げるように、百姓家の庭へ駆けた。すべてを差配《さはい》しているのは、佐藤新兵衛である。こういった場合は、首領《しゅりょう》格を押さえるのが常道である。

だが、その佐藤新兵衛の前に辿り着く前に、新たな男が立ちふさがった。さらに、背後から二人の男が斬りかかってきた。

伝次郎は身をひるがえして、凶刃を撥《は》ねあげると、すかさず相手の胴を抜いた。斬りたくはなかったが、この場合仕方なかった。

胴を抜かれた男は膝をついて、そのまま横に倒れた。すぐに新たな斬撃《ざんげき》が送り込まれてくる。大上段から眉間《みけん》を狙っての一撃だった。

伝次郎は体をひねって、相手に空《くう》を斬らせた。転瞬《てんしゅん》、右足を軸にしてくるっと体を回転させながら、斜め後方から撃ちかかろうとしていた男の手首を斬り飛ばした。

切り離された手首が血の条《すじ》を引いて、宙に舞い、ぽとりと落ちた。手首をなくした男は泣きわめいて尻餅をついている。

伝次郎は荒れる呼吸を整えるために、迫ろうとする男たちから大きく距離を取った。海老沼と正蔵が庭の隅で戦っている。地面に転がった提灯が燃えていた。龕灯もあらぬところに転がって、藪の中を照らしている。

呼吸を整えるために乱闘場から離れた伝次郎だが、相手はそれを許さなかった。すかさず追い込んで、撃ちかかってきたものがいた。伝次郎は横面を狙って襲いかかってくる一撃を、体を沈めることでかわし、同時に足を払った。

男がどうと前のめりに倒れたところで、背中を棟《むね》打《う》ちにした。気を失った相手にはかまわず、今度こそ佐藤新兵衛に迫った。庇《かば》うように立っている浪人がいるが、すでに臆している。

「佐藤新兵衛だな。きさまは謀反人だ」

「なにをッ。きさまは……」

新兵衛は刀を青眼に構えたままいい返すが、すでに顔色が悪い。

「刀を引け。斬り合うつもりはない」

「なにをいいやがる」

牙を剝くような顔で、新兵衛の前に立っていた男が斬りかかってきた。

伝次郎は軽くいなして、肩口をはねるように斬った。

ぴっと、短い血の条が飛んだが、致命傷ではない。それでも人間は些細な傷で戦意を喪失する。案の定、男はすっかり怖《お》気《け》づき、片膝をついたまま傷口に手をあていた。

伝次郎が一歩足を進めると、新兵衛は一歩下がった。背後の大八車にしがみつくようにしていた津ノ国屋初五郎と手代の孫太郎が、恐怖に顔を引き攣《つ》らせていた。

勝算《しょうさん》がないとわかったらしく逃げようとしたが、そこへ海老沼と正蔵があらわれて二人を捕らえた。

「佐藤新兵衛殿、観念されるがよい」

海老沼が新兵衛に刀を向けていった。

「い、いったいきさまらは……」

新兵衛は視線を泳がせ逃げ道を探そうとしているが、無駄なことである。

「名乗るほどのものではない。お覚悟を……」

海老沼がいったとき、新兵衛が伝次郎に斬りかかってきた。

伝次郎はその一撃を恐れもせず、間合いを詰めるやいなや、刀をつかんでいる新兵衛の腕をからめ取って、地面に投げ飛ばした。その勢いで、新兵衛の手から刀が離れ、したたかに腰を打ちつけた新兵衛は痛みに顔をしかめていた。その喉元に、伝次郎が刀の切っ先をつきつけると、新兵衛は凍りついた。

四

半月になりかけの月が、群雲《むらくも》から吐きだされて、庭があわい月光に照らされた。その庭は閑散としていた。最前、乱闘が行われたばかりだが、いまはひっそりと静まっている。木立を抜ける風の音がするぐらいだ。

新兵衛の雇った浪人たちは死人をのぞいて、蔵の中に閉じ込めてある。二人の死人が出ていたが、それは仕方ないことだった。

佐藤新兵衛は座敷の柱に縛りつけられている。舌を嚙み切られてはかなわないので、伝次郎は猿ぐつわを嚙ませていた。また、津ノ国屋初五郎と手代の孫太郎も隣の板の間の柱に縛られていた。

「遅いな」

縁側に腰をおろしていた伝次郎は、そばにいる海老沼に顔を向けた。

「そろそろやってくるでしょう。いましばらくお待ちを……」

正蔵が水野家上屋敷に馬を飛ばして知らせに行っている。馬は近所で借りた駄馬《だば》だった。正蔵が知らせに走ってから半刻はたっていた。

「もうおれはいいだろう」

伝次郎は夜空を眺めてからつぶやいた。

えっ、と海老沼が顔を向けてくる。

「あとはおまえたちで片づければいいことだ。おれが口を出すようなことではない」

「それでは面目《めんぼく》が立ちません。沢村さんの助太刀があったからこそ、賊を押さえられたんです」

「おれは面倒ごとがいやなんだ。もう十分だ。このあとどうなるかわからないが、おれが首を突っ込むことではない。井上作右衛門という方が、あとのことは仕切れるんだろう。だったら、おれは無用だ」

「しかし……」

「いや、河野殿が戻ってきたら、おれは帰らせてもらう」

「それにしても……」

「いいんだよ」

伝次郎は遮ってからつづけた。

「おれは、たまたまおまえさんらに助をしただけだ。佐藤新兵衛がなにを企んでいたか、津ノ国屋がどんな手を使ったか、そんなことはどうでもいいことだ。これは水野家でひそかに始末されることだ。そうだろう」

「まあ、そうではありますが……」

「だったら、それでいいじゃねえか」

伝次郎が口辺《こうへん》に笑みを浮かべたときに、蹄《ひづめ》の音が聞こえてきた。

「どうやら来たようだな」

伝次郎はそういうと、差料を引きよせて立ちあがった。

「ほんとうに行かれるんで……」

「何度も同じことを聞くな」

「では、このあとどのような仕儀《しぎ》になったか、それだけでもお知らせに伺います」

それは伝次郎も気になることである。

「暇を見て訪ねてくればいいさ」

そう応じた伝次郎は縁側から庭に下り、そのまま亀戸天神のほうへ足を向けた。

駆けてくる馬と十数人の侍がやってくるのが、道の先に見えたのはすぐだ。

伝次郎は正蔵に見つからないように脇道にそれた。やってくる水野家の一団には、海老沼たちを差配している水野越前守の用人・井上作右衛門がいるはずだ。

彼らは整然と足並みを揃え、粛々《しゆくしゆく》とさっきの百姓家に向かっていった。

一件は、水野家の当主、越前守忠邦の進退に関わることである。おそらく内々で処理され、表沙汰にならない配慮がなされるだろうが、主君への反逆行為をした佐藤新兵衛は詰め腹を切らされるだろう。

だからといって、伝次郎には関わりのないことである。

竪川の河岸道に出ると、伝次郎はゆっくり川沿いの道を辿った。ところどころに軒行灯のあかりがあり、竪川の水面に映り込んでいた。

流れる雲が月を呑み込んでは吐きだすのを繰り返している。夜空は晴れている。どうやら明日も天気はよさそうだ。

伝次郎は、明日こそ新しい舟に千草を乗せようと思った。

五

千草はいかにも夏らしい青いさざれ波小紋を着て、猿子橋《さるこばし》の舟着場にあらわれた。うすく化粧もして、いつになく華やいでいる。

「めかし込んできたな」

伝次郎が冷やかすようにいうと、

「だって、初乗りするのに失礼ではありませんか」

と、笑顔で応じた。

伝次郎は舟が揺れないように、棹を使って舟縁と岸を押さえて、千草を舟に乗せた。

「まだ、新しい木の香りがします」

千草はうっとりした表情で新しい舟を眺める。

その顔は水面の照り返しを受けていた。

「それじゃ行こう」

伝次郎は棹をつかみなおして、片足を櫓床にかけた。

ぱりっとした船頭半纏に、洗い張りをした腹掛け、細い帯は神田結び、そして手《て》甲脚絆《っこうきやはん》に足半《あしなか》。手拭いを頭にきりりと巻いていた。

六間堀には近くにある火の見櫓《やぐら》が映り込んでいた。棹をすうっと川底に落とす。いつもより水深が浅くなっている。引き潮だからだ。

江戸の河川は海に近いために、潮の干満でそのときどきによって水深が変わる。汽水域《きすい》なので鯔《ぼら》や鱸《すずき》などの魚も生息している。

六間堀から小名木川《おなぎがわ》に出た舟は、そのまま万年橋《まんねんばし》をくぐって大川に出る。新大橋の下を抜け、猪牙は大川端《おおかわばた》沿いを遡上《そじょう》する。

「いい風……」

千草は周囲の景色を眺めながら、風で乱れそうになる髪をなおす。ときどき、二人は視線を合わせて、小さく微笑みあった。言葉はいらなかった。

このとき、伝次郎の心に、ある思いが勃然《ぼつぜん》と浮かびあがった。それはうすうす感じていたことではあるが、おそらく町奉行所から身を退《ひ》き、妻子を失ってしまった自分の境遇に起因するのかもしれなかった。

この先何年生きるかわからないが、伝次郎は人生に対する大きな目標を見失っていた。しかし、いまあらためてわかったことがある。

目の前に座っている千草をそれとなく見て、この女のために生きよう、この女を幸せにしてやろうと強く思ったのだ。

（それで、いいではないか）

伝次郎は棹から櫓に替えた。上りはただでさえきついが、いまは引き潮である。流れに逆らうと同時に、引き潮にも逆らって上らなければならないので、川上りにはもっとも条件が悪かった。それでも猪牙は確実に上流へ進む。

伝次郎は櫓を体全体を使って操る。そうすれば体力の消耗が少ないし、推進力を効率的に舟に伝えることができる。

――伝次郎、手で漕《こ》ぐんじゃねえ。体で漕ぐんだ。

船頭の師匠だった嘉兵衛に、よく怒鳴られたことを思いだす。

嘉兵衛から教わったことは多い。船頭は日の位置で時を知り、垂れ縄で潮の流れを知る。そして川岸の草のなびきで風を知る。

伝次郎は、やはり舟はいいと思った。舟を操っているときは、俗なことを忘れてしまう。海老沼たちのことも、利兵衛のこともすっかり頭から追い払われている。これから暑い夏を迎える川風を受けているだけで、心が穏やかになる。

「千草」

伝次郎は顎をしゃくって、大川端の川岸を示した。

鯵刺《あじさし》の群れがいたのだ。渡り鳥なので、この時季にはめったに見られない。それでも、越夏する鳥がいるので、その一群なのだろう。

白い体に黒い頭、そして赤い嘴《くちばし》。羽繕《はづくろ》いをしたり、翼をばたつかせたりしている。嘴に小魚をくわえて、戻ってきた鳥もいた。

大橋の手前まで来ると、伝次郎は舳《みよし》を東に向け、川を横切りはじめた。

千草には店の仕入れ仕事がある。あまり時間は割《さ》けなかった。

下ってくる舟や上る舟の邪魔にならないように川をわたり、一ツ目之橋から竪川に入った。櫓を棹に持ち替える。

「あっという間ですね。もっと遠くに行きたくなっちゃった」

千草が短い舟の旅を惜しむようにいう。

「そうしてもいいんだぜ」

　伝次郎が応じると、千草は微笑みを返してきた。しかし、最前とはちがい、その顔にいつにない悩ましげな色が浮かんでいた。

「やっぱり相談に乗ってもらおうかしら」

　千草がそういったのは、六間堀に入ってからだった。

「なんだ？」

「……今夜、暇が取れます？」

「うむ」

「お店に来てくれますか。できれば早いほうがいいけど、遅いようでしたら店が終わってから伝次郎さんの家に行きます」

　千草がこんなことをいうのはめずらしい。

「ひょっとして兄さんのことか……」

　千草は深刻そうな顔になって、小さくうなずいた。おそらく兄・弥一郎の〝就職〟がうまくいっていないのだろう。

「熱を出していた子供はどうなった？　治ったのか……」

「どうにか治りましたが、お糸さんが連れて里に帰ったんです」

「それじゃ弥一郎さんだけが江戸に残っていると……」

「詳しいことはあとで話します」

「わかった。今日は早仕舞いにして、店に行こう」

「すみません」

猿子橋の舟着場に猪牙を寄せて、千草を降ろした。

「短かったけど、楽しかったですわ」

川岸に立った千草が、まっすぐな目を向けていった。小さな笑みを浮かべたが、それには無理が感じられた。

伝次郎は千草のいった短い言葉が、気になった。短かったけど、楽しかったというのは、自分たち二人の関係をいっているようにも受け取れたのだ。まさかとは思うが、妙な胸騒ぎを覚えた。

「千草に初乗りしてもらってよかった」

「そういってもらえて嬉しいです。では……」

千草は小さく頭を下げて、そのまま去っていった。

伝次郎はその後ろ姿をいつまでも見送っていた。舟に乗る前はそうでもなかったはずだが、千草には普段の元気が感じられない。背中には孤独そうな侘《わび》しさも漂わせているようだった。

（どうしたんだ）

伝次郎は胸の内でつぶやいてから、首筋の汗をぬぐった。

六

神田佐久間《さくま》河岸、吾妻橋際の舟着場、そして山谷堀《さんやぼり》と客待ちをして、久しぶりに船頭仕事に励んだ伝次郎だが、西にまわり込んだ日が傾きはじめると、仕事を切りあげて山城橋の舟着場に戻った。

汗をかいたので一度自宅に戻り、井戸端で水を使って、着替えをしてから千草の店に向かった。日が長くなっているので、まだ町屋はあかるかった。人の歩く影が長くなっているだけだ。

千草の店に行ったが、戸は閉まっていた。戸をたたいて声をかけたが返事はない。伝次郎は近所に買い物に行っているのだろうと察し、時間をつぶすために高橋のほうへのんびり歩いた。二、三の顔見知りに声をかけられ挨拶をした。

町はいつもと変わらない。昨夜、亀戸の百姓家で流血騒ぎがあったことなど、誰も知らないのだ。そんなことはめずらしいことではない。

町奉行所も町の人々に気づかれないように捕り物を行ったり、悪党らの根城に踏み込んだりすることがある。それも近隣住人に気づかれないような周到《しゅうとう》さで、すべてを片づけてしまう。

浜松藩の当主であり老中職にある水野越前守も、それぐらいの手際のよさは心得ている。おそらく佐藤新兵衛と津ノ国屋の企みは、ごく少数のものにしか知られず、そして、いつの間にか封印されていくだろう。

高橋のそばまできたとき、橋の向こうから千草がわたってくるのが見えた。手に小さな籠《かご》をさげていた。目があうと、千草は小走りに近寄ってきた。

舟に初乗りしたときとはちがい、鰹縞《かつおじま》の小袖姿だった。胸元に、ちらりと紅地の更紗《さらさ》模様がのぞいている。

「もう終わったんですか……」

「早仕舞いだ。おまえさんの相談というのが気になってな」

「ごめんなさい。やっぱり余計な気を使わせてしまったみたいですね」

「気にすることはない。その辺に腰かけるか」

伝次郎は河岸道にある茶店にうながした。

「店ではなにかと落ち着かないだろう。ここで話を聞こう」

床几に腰をおろすと、伝次郎は二人分の茶を注文した。

千草が隣にかけて、籠《かご》を脇に置いた。

籠には三つ葉といんげん、小松菜《こまつな》が入っていた。

「それで、話とは……」

店の女が茶を置いて下がってから、伝次郎は口を開いた。

「こんなことを伝次郎さんに相談するつもりはなかったんですけど、他に話せる人がいないから……」

千草は躊躇ってからそういうと、そのままつづけた。

「兄のことなんですけど、やっぱり江戸で暮らすのは難しいと思うんです。もちろん、仕官できればなにもいうことはないのですが、それはかなうことではありません。それに、雇ってくれる道場も見つからないままです。知り合いのつてを頼っていたようですが、返事ももらえずじまいで、途方に暮れて、酒ばかり飲んでいます」

「……」

「たったひとりの兄ですから、なんとかしてやりたいのですけど、わたしの力ではどうにもなりません」

「ご新造は子供を連れて帰ったといったな」

「お糸さんには、江戸の水があわないのでしょう。房州《ぼうしゅう》で生まれ育った人ですから……そのお糸さんですけど、離縁されてもいいようなことをいって帰ったんです。子供は自分で育ててみせると。そんな気丈《きじょう》なところのある人だとは知らなくて、わたしも少し驚いたんですけど……」

「兄さんはなんと？」

「勝手にしろと怒鳴りつけました。でも、本心はいっしょにいたいんです。わたしにはわかります。でも、それもこれも兄の思いどおりに事が運ばないからなんです。職人になるといっても、それは口先だけだとわかっていましたし、商人になるといってもあの年で奉公になど出られないし、元手があって商売をはじめるとしても、なにをやったらいいかわからない人なんです。もっとも、元手などないんですけど……」

「しかし、遊んで暮らすわけにはいかんだろう。子供もいるんだ」

「そうなんです。独り身なら放っておくんですけど、お糸さんと定吉のことがありますから……それで、どうしたらいいかと……」

千草はちょっとだけ茶に口をつけ、茶碗についた紅を指先でぬぐった。

伝次郎はどう答えるべきかと考えた。

千草の兄・田辺《たなべ》弥一郎に会ったことはないのだ。さらに、その妻のお糸にも子供の定吉にも会ったことがない。

「もし、伝次郎さんがわたしだったらどうするだろうか、とそう思ったんです」

「そりゃあ妻も子もある兄のことだから、見放すようなことはできないだろう。かといってどうすればいいか……。兄さんが自分で道を開くのが一番だろうが、さて、なにをするかだな。職人も商人も難しいとなれば……」

「できれば、一度兄に会ってもらえませんか。厚かましいお願いですけど、兄も依《い》怙地《こじ》なところがあって、身内には耳を貸さなくても、他人のいうことには耳を傾けると思うんです。わたしが話すと、なんだか最後は喧嘩みたいになってしまって……」

「会うのはかまわないが、それで問題が片づくかどうかはわからないぞ」

「伝次郎さんなりの考えをいってくだされればいいんです。会えば、どんな人だかわかるはずですから、お願いできますか」

「まあ、それはいいが……」

安請《やすう》け合《あ》いかもしれないが、断れはしない。

「はあ、よかった。誰かいい話し相手がいないだろうかと、ずっと考えていたんです。もちろん伝次郎さんのことは最初から頭にあったんですけど、相談を持ちかけていいものかどうか思いあぐねていたんです」

言葉どおり、千草の表情が幾分あかるくなった。

「役に立てばいいが……」

「お願いいたします」

千草はひょいと立ちあがって、あらたまって頭を下げた。それから目の前の小名木川を眺めて、きれいな夕日とつぶやいた。

「小さい頃、この川を紅川《くれないがわ》と呼んでいたんです」

「紅川」

千草は伝次郎の隣に腰かけなおした。

「そう、夕日の帯がきれいでしょう。だから紅川。わたしと兄が勝手につけたんですけど……」

千草はひょいと首をすくめて微笑した。

伝次郎は小名木川をあらためて眺めた。

西日が東西に走る小名木川にあたっている。それは茜色、あるいは紅色の光の帯になっていた。

その川をゆっくりと荷舟や猪牙舟が行き交っている。かきわけられた紅色の波が、揺れながら岸辺にあたっていた。

「紅川か……」

伝次郎がつぶやくと、

「そう」

と千草が短く応じた。

七

千草は兄・弥一郎と会う段取りを、二、三日内につけるといった。相談を受けた伝次郎は、どんな助言ができるかわからないが、会えばそれなりに人となりがわかるだろうと軽い気持ちでいた。

験を担いで千草に初乗りをしてもらった伝次郎は、翌日からこれまでどおりの船頭仕事に戻った。客待ちをしているときに、利兵衛のことや千草の兄・弥一郎のことを考えたが、客を乗せると、そのことはすっかり忘れて仕事に没頭することができた。

海老沼仙之助と河野正蔵が、長屋の家を訪ねてきたのは、亀戸での一件があってから三日後のことだった。二人ともひどくかしこまった顔で、伝次郎に挨拶をして、持参してきた酒を差しだした。

「気を使うことはないのに……」

そういいながらも遠慮なく受け取った伝次郎は、二人を居間にあげた。

「それから、これは褒美《ほうび》の金です。井上作右衛門様からの礼金です」

海老沼が懐から切り餅を二つ取りだして差しだした。

「おれは金のためにやったんじゃない」

「口止めの意味もあります。くれぐれも此度《こたび》のことは、内密にとのお願いです。どうぞお納めください」

伝次郎は切り餅を眺めた。たしかに、一件は水野家の一大事に関わることだった。あえて撥ねつける必要もない。

「では、遠慮なく」

伝次郎は手許に金を引きよせた。

それから、あの一件はどんな始末になったのかと訊ねた。

「これもここだけの話にしてもらいたいのですが、津ノ国屋と組んで金銀の抜荷をしていた佐藤新兵衛殿は、自害されました。使われていた浪人らは、いずれも水野家に縁のあるものばかりだったので、国許に護送されて裁かれることになりました」

「津ノ国屋はどうなるんだ？」

「あの店は取りつぶしです。越前守様がうまく手をまわされて、そう始末されるようですが、知らせを受けた津ノ国屋初五郎は、その夜のうちに首を吊ってしまいました。手代の孫太郎は行方《ゆくえ》知れずです。悪に手を染めたばかりに、津ノ国屋は終わったというわけです。可哀想なのは残されたものたちですが、それはいたしかたないことですから」

「では、すべてはうまく落着《らくちゃく》したというわけだ」

「沢村さんのおかげです」

「くすぐったいことをいうな。それより、松村道之助はどうなっている?」

「日に日によくなっているようです。あれはまだ若いので、治りも早いんでしょう」

「そりゃあよかった。しかし、わからねえことがある。教えてくれるか」

伝次郎は海老沼と正蔵を交互に眺めた。

なんでしょう、と海老沼がいう。

「おまえさんたちのことだ。考えてみれば、今度のことは藩の目付でもよかったはずだ。それなのに、水野家家中のものでないおまえさんらが動いた。それはいったいどういうわけだ？」

「わたしどもは、仕官先がありません。それで、ない知恵を絞って、諸国の藩に御用伺いを立てています。うまく仕事にありつけるときや、そうでないときもありますが、まあ仕官して窮屈な目にあうよりは、楽だと思っています。此度は思いもかけず、大きな仕事になりましたが、それだけ褒美もようございました。藩目付が動かなかったのは、水野家家中に、当主である越前守様に反目《はんもく》している家臣がいるからのようです。井上作右衛門様はそのことを考えて、わたしどもに話を持ってこられたのでしょう。同じ家中といえど、油断のならないものがいるのはどこも同じようです。そんなものに、越前守様の足許がすくわれては大変ですからね」

「なるほど、そういうことだったか。それにしても、うまい仕事を見つけたものだ」

「いえいえ、それはそれで大変なのではありますが……」

海老沼は苦笑を浮かべて、正蔵と目を交わした。

「沢村さん、これもなにかの縁だと思うのですが、今後もわたしどもに手を貸してくださりませんか」

そういったのは正蔵だった。

「いや、それは御免こうむる。いっただろう。おれは厄介ごとに巻き込まれたくないと。それはかりはなんと頼まれようが、はっきり断る」

「だめでございますか……」

「だめだ」

伝次郎は重ねて強く断り、今度厄介ごとを持ちかけてきても一切聞かないと、厳しく釘も刺した。

海老沼と正蔵は肩を落として残念がったが、

「では、二度とご迷惑をかけないことにします」

と、海老沼が殊勝《しゅしょう》な顔でいった。

「そう願うよ」

それから他愛《たわい》のないことを短く話して、海老沼と正蔵は家を出て行った。

ひとりになった伝次郎はやれやれと首を振って、もらった大金を手にした。五十両はずしりとした重さがある。しかし、これで老中職にある水野越前守の首がつながったと思えば安いものなのかもしれない。

家が暗いと思ったら、すっかり夕闇が色を濃くしていた。伝次郎は行灯に火を入れてから、ゆっくり煙草をくゆらせた。

懐はいつになくあたたかい。このまま湯屋に行くか、千草の店に行こうかと迷った。だが、すぐに決断はついた。たまには千草の店に大金を落としてやろうと。大金といっても高が知れている。

（たまにはいいだろう）

そう思った伝次郎は、昼間の汗を井戸端で流し、着替えにかかった。楽な着流し姿になって帯を締める。そのまま土間に下りて雪駄を突っかけたときだった。

精次郎が汗まみれの顔であらわれ、

「伝次郎さん、ちょっと付き合ってくれませんか」

と、息を切らしながら、戸柱にすがりついた。

「どうした？」

「旦那が、何者かに襲われたんです」

「なんだと……」

「さいわい怪我はありませんが、家のまわりに不穏《ふおん》な影があります」

第五章　誤算

一

「ここです」

精次郎が案内したのは、万年町一丁目にある小料理屋だった。

伝次郎は一度あたりに視線を配った。夜の町は暗いが、まだ早い時分である。あちこちに居酒屋や料理屋のあかりがある。目の前に横たわっている仙台堀《せんだいぼり》が、てらてらと星あかりを受けている。

店に入ったが、利兵衛の姿はなかった。ねじり鉢巻きをした主が、目顔《めがお》で奥ですと何気なく教えてくれる。

伝次郎と精次郎は、土間奥に進んだ。三畳ほどの小座敷があり、そこに利兵衛が座っていて、ちびちびと酒を飲んでいた。窓のそばに行灯があり、濡れ縁に蚊遣りが焚かれていた。

「伝次郎さん、呼びだしたりして申しわけないです」

利兵衛は盃を置いて頭を下げた。それから、あがってくれといって席を勧める。

「襲われたらしいが、どういうことだ？」

伝次郎はまっすぐ利兵衛を見る。危ない目にあったわりには悠然としている。

「おそらく竹鶴のまわしものでしょう。こんなこともあろうかと覚悟はしていたんですが、ほんとうにやってくるとは……」

「竹鶴のまわしものというが、相手のことはわかっているのか？」

いいえ、と利兵衛は首を横に振る。

「見当はつきませんが、大方竹鶴が雇った男たちでしょう。おそらく、わたしが尹三郎親分に話を持ちかけているのが漏れたか、尹三郎親分が話してしまった、そのどちらかだと思います」

「なぜ、尹三郎がそんなことを……。尹三郎が損をするような話を、あんたは持ちかけているんじゃないんだ」

「そうですが、あの親分も案外肝っ玉が小さいのかもしれません。もしくは、わたしのことは伏せて、竹鶴の角右衛門さんに、それとなく探りを入れたのかもしれない。だが、角右衛門という男は油断がならないし、鈍くもない。裏にわたしがいると見当をつけたんでしょう。それで先に手を打った。そんなところだと思います」

「いずれにしても旦那は、命を狙われているってことですよ」

精次郎だった。

そこへ女中がやってきて注文を聞いた。利兵衛が勝手に酒と肴を注文する。

「尹三郎が竹鶴の角右衛門に口説かれたということもあるかもしれねえ」

伝次郎は低声《こごえ》でいって利兵衛を見る。利兵衛の表情が少しかたくなった。

「それはないと思いますが……」

「気楽にかまえている場合じゃないだろう。命を狙われたんだ」

「尹三郎親分が手を出したというのは、やはり考えにくいでしょう。わたしはあの親分の鼻面《はなづら》に大金をちらつかせているんです。わたしの命を取ったって、なんの得にもならない。わたしの命を狙うとしたら、なにもかも搾《しぼ》り取ったあとでしょう」

そういう利兵衛は目の奥に冷たい光を宿した。

伝次郎は、この男はその辺のやくざよりももっと凶悪なのかもしれないと思った。ひょっとすると、竹鶴をうまく自分のものにしたら、つぎは助をしてくれた尹三郎の命を取るつもりかもしれない。

「しかし、人間というやつはわからない」

伝次郎は精次郎から酌を受けて、酒をなめた。新たな酒と肴が運ばれてくると、利兵衛は用があれば呼ぶといって、人払いをした。

「……たしかに伝次郎さんのおっしゃるとおり、人間というのはわかりません。しかし、わたしを狙うのは竹鶴以外に考えられませんよ」

「それじゃどうするつもりだ」

「尹三郎親分との話を進めます。それ以外に道はありません。ただ、いままでのように悠長《ゆうちょう》に出歩けないでしょうが……」

言葉を切った利兵衛は、目に力を入れて伝次郎をまっすぐ見た。

「伝次郎さん、約束は守ってもらいますよ。あなたには尹三郎親分との話がつくまでは、付き合ってもらわなければなりません。ここで尻尾《しっぽ》を巻いて逃げるような人ではないというのはわかっていますが……」

利兵衛は釘を刺した。

(うまく丸め込まれた)

伝次郎は胸中で舌打ちをした。

いまさらではあるが、利兵衛のしたたかさを思い知った。

「あと一度だな」

伝次郎も言葉を返した。

駒留の尹三郎との駆け引きの場に立ち会うことを、伝次郎は頼まれただけだった。

それはあと一度で終わりのはずだった。

「おそらく、そうなるでしょう。それまで、わたしを見捨てられては困ります」

伝次郎は黙って盃に口をつけた。

「家の様子を見てきてくれませんか。精次郎は顔を知られていますが、伝次郎さんのことまで相手は知らないはずです」

もし、今夜利兵衛を襲ったのが、竹鶴のまわしものだったらそのはずだ。伝次郎は竹鶴の角右衛門に会ったことはない。

「いいだろう」

伝次郎はゆっくり差料《さしりょう》を引きよせると、そのまま腰をあげた。

さっきの店に来るまで、伝次郎は精次郎から、利兵衛が襲われた場所とその状況を聞いていた。襲ってきたのは二人組である。いずれも頭巾を被っていたが、精次郎は浪人の風体だったといった。ただし、暗がりだったので相手の顔は見ていなかった。

利兵衛が怪我することなく難を逃れたのは、通りかかった女が悲鳴をあげたからしい。賊はそのことで動揺したらしく、追撃をあきらめて去ったという。それでも、利兵衛の家の周囲には、いつもとちがう空気が漂っているらしい。

伝次郎は提灯を持たずに、深川西平野町《にしひらのちょう》の利兵衛の家に向かった。提灯を持てば、相手に顔をさらすことになる。それを避けてのことだ。

水場《みずば》の前を過ぎ、そのまま河岸道を歩く。水場は水船《みずぶね》がやってくる舟着場のことである。数軒の小料理屋が並び、その先は小店がつづく。小店の前は暗くなっており、大八車の置かれた店の前を過ぎて、左に折れた。少し先が利兵衛の家だった。

伝次郎は周囲を警戒しながらゆっくり歩いた。あやしい人影も、不穏な空気も感じない。もし、不審なものがいれば、その視線を五官が感じ取る。奉行所時代に培《つちか》った皮膚感覚である。

わざと利兵衛の家の前を過ぎ、裏道を辿ってひとまわりしたが、とくに変わったことはなかった。伝次郎は、ふっと肩の力を抜き、張っていた気をゆるめた。

そのまままさっきの小料理屋に戻って、異常のないことを伝えると、

「ひとまず引き揚げたんでしょう。それにしても油断がなりません」

精次郎が吐息を漏らしながらいって、言葉を足した。

「旦那、竹鶴がからんでいるとしても、駒留の尹三郎一家も油断はなりませんよ」

「用心深いことをいうね」

利兵衛は意《い》に介《かい》さずという顔だが、やはりいつもの余裕は感じられない。

「だって、そうでしょう。尹三郎一家は竹鶴の尻持ちをしているんです。あの親分が竹鶴の角右衛門に、旦那のことを話していたとすれば、角右衛門は金を積んでるかもしれませんよ。邪魔な旦那に消えてもらうためだったら、百両も惜しまないかもしれない」

「わたしに百両積むと。すると、わたしもたいした男ということだな」

利兵衛は短く笑った。

「旦那、博徒というのは、明後日《あさって》の金より今日の金を大事にします」

精次郎は真剣な眼差しを利兵衛に向ける。

「まあ、そうだろうが……」

「利兵衛さん、精次郎のいうことが正しいかもしれねえ」

伝次郎が言葉を足すと、利兵衛の顔がにわかにこわばった。

二

竹鶴の主人・角右衛門は、自分の店からほどない小料理屋の一室で酒を飲んでいた。飲んでも酔いはしない。下り酒なのだろうが、ちっともうまいと思わない。

それでも頬や目は赤くなっていた。窓から夜風が入ってきて、火照っている頬をなでていった。窓の外には、大川からの入堀があり、近隣の料理屋のあかりを映している。

どこからともなく、ゆったりした清掻《すが》きの音が聞こえてきた。自分の店は二筋向こうなので、ちがう店からだろうと察しをつける。

角右衛門は目の前を漂う蚊遣りの煙を手で払い、酒を満たした盃をにらむように見た。

（疫病神《やくびょうがみ》め……）

胸中で罵ると、思いだしたくもない顔が脳裏に浮かんでくる。

利兵衛という年寄りだ。達磨《だるま》のような体に恵比寿顔をのせているが、あの人を食ったようなにやついた目が気にくわない。きっぱり断ったので、すっかりあきらめてくれたと思ったのだが、とんでもなかった。

利兵衛は駒留の尹三郎と取引をしているのだ。まさかとは思ったが、二日前に尹三郎がやってきてわかった。あのとき、尹三郎はいつになく用心深い話をした。

角右衛門はみかじめの要求だろうと思っていた。しかし、のらりくらりした話に付き合っているうちに、尹三郎がぽろりとこぼしたのだ。

――角右衛門の旦那、この店を手放す気はないかい。そりゃねえだろうが、ほしがっている男がいてね。もしその気があるんだったら、おれが間に入ってうまくやってもいい。もちろん、損のねえように。もっともあんたはまだ若いから、そんな話は先のことだろうが……。

それを聞いたとき、角右衛門はぴんと来た。利兵衛が尹三郎と接触したのだと。だが、そのことは伏せて、

――うちの店をほしいという人は、ひとりや二人じゃありませんから、驚きはしませんが、まさか親分さんのところに、そんな話があるとは思いもよらぬことです。

と、受け流した。

――しがない渡世人稼業をしていると、いろんな話がくるもんだ。めずらしいことじゃない。

ほんとうは、いったい誰からそんな話があったのだ、と穿鑿したかったが、それを問えば、自分の足許を見られると思い黙っていた。

しかし、じっとしているわけにはいかなかった。得体の知れない利兵衛という男は、あらゆる手を尽くしてくる。

受け身でいれば、利兵衛は尹三郎をかき口説いて、自分の店をほんとうに乗っ取るかもしれない。そんなことはあってはならないことである。

（そうだ……）

角右衛門は、先日尹三郎に会ったときのことを思いだした。あのとき、尹三郎をこっちに引きよせるための話をしてもよかった。しかし、早とちりだったら、尹三郎の思うつぼで、これまでにない金を吹っかけてくると危惧《きぐ》した。

だから、角右衛門は別の手段を考えた。

手荒なことはしたくなかったが、無縁坂《むえんざか》の栄蔵《えいぞう》を動かしたのだ。栄蔵は強請《ゆすり》をシノギにしているやくざである。子分は少ないが、荒っぽいものが多く、金次第で汚い仕事も引き受けてくれる。

気乗りしないことだったが、もう後には退けなかった。なにもしなければ、利兵衛は駒留の尹三郎を味方につけてつぶしに来るかもしれないのだ。

そうなる前に、利兵衛という男に消えてもらうことにした。このことは駒留の尹三郎にも秘密である。うまくいけば、尹三郎とはこれまでどおりの付き合いですむし、店も安泰である。

(わたしはまちがったことをしているだろうか……)

角右衛門は盃を凝視しながら、自分に問いかけた。

話してもわからない執拗《しつよう》な蛇のような男を追い払うには、他に道はない。自分で自分に答えを出す角右衛門は、不安に苛《さいな》まれていた。自分のやっていることを怖いとも思っている。

利兵衛という疫病神があらわれなければ、こんなことはしなくてよかったのにと、悔しそうに唇を嚙んだ。そのとき、「旦那」という声がかかった。

「はい」

返した声は、情けなくも妙に引っ繰り返っていた。すぐに襖が開き、栄蔵とひとりの子分が入ってきた。二人とも表情がかたい。

角右衛門はごくりと生唾を呑み込んで、

「終わりましたか……」

と聞いた。

栄蔵はゆっくり首を横に振った。角右衛門は目をみはった。

「まさか、しくじったんでは……」

「その心配には及びませんでさ」

栄蔵はあぐらを組み替えて、煙草入れをだした。

鑿《のみ》で削ったような黒い顔、白毛交じりの太い眉の下にある目は、仁王《におう》像のように鋭い。体は小さいが、固太《かたぶと》りしていていかにも頑丈そうだ。

「今夜は邪魔が入ったんでとりやめた。だが、今夜のことで相手も用心深くなるだろうから、ちょいと様子を見る」

栄蔵は紫煙を吹かしてからいった。

「邪魔って……」

「間が悪く通りかかった女がいて、悲鳴をあげたらしいんだ。それじゃ按配が悪い。そんなときに無理をすれば、アシがつきやすいからな」

「すると、親分が動いたんじゃないってことですか……」

角右衛門は凝然《ぎようぜん》とした顔を栄蔵に向ける。

「おれがじかに手を下すわけはねえ。だが、ちょいと面倒なことだ。つぎはちゃんと約束を果たすつもりだが、事を終えたらおれの子分には、少しほとぼりが冷めるまで、江戸を離れてもらう」

「それがようございましょう」

角右衛門は急に喉の渇きを覚え、手許の盃をほした。勢い余って襟元に半分ほどこぼしてしまった。慌てて手拭いでぬぐう。

「それで、旅の費用《おあし》をつけてもらいてえんだ」

角右衛門は襟元をぬぐいながら、いかほど入《い》り用《よう》かと聞いた。いくらか余分に金を出すことは、栄蔵に相談していたときから覚悟していた。

「まあ、半年じゃほとぼりも冷めねえだろう。一年は見たほうがいいから、あと三十両ばかり出してもらわないと……」

「三十両……」

角右衛門は視線を彷徨わせる。

利兵衛暗殺には五十両わたしてある。都合八十両だ。安いか高いかわからないが、ここで値切るわけにはいかない。

「わ、わかりました。それじゃつぎに会うときにおわたしします」

「頼むよ。安く請け負ってんだからな」

「あ、はい、それはもう……」

角右衛門はこの男にも強請《ゆす》られるのではないかと思いはじめた。なにしろ強請を専門に生きている男なのだ。人殺しの依頼をしたことを、種にされるかもしれない。

（この親分を頼ったのは、まちがいだったかもしれない）

そんな思いが頭をかすめた。しかし、もう後の祭りである。

「それで、つぎはいつ……」

「まあ、それは様子を見てからってことだよ。ことを急《せ》いたばかりにしくじったら、目もあてられねえだろう。まかしておいてくだせえ」

「は、はい」

栄蔵に見つめられると、尻の穴まですぼみそうになる。角右衛門は襟元をぬぐっていた手拭いで、額の汗を拭いた。

三

伝次郎は頃合いを見計らって、利兵衛を冬木町《ふゆきちょう》にある精次郎の家まで送って行ってから、

「話がある」

と、いった。戸口に入りかけていた利兵衛が振り返る。

「これで手を切ろう」

歩きながら考えたことを伝次郎は口にした。

土間に立っていた精次郎があっけにとられた顔をしたが、利兵衛の目にも狼狽《ろうばい》の色が浮かんだ。

「お待ちください。まさかここまで来て、わたしを見捨てるというんじゃないでしょうね」

「見捨てるもなにも、もうおまえさんとは関わりたくない」

「ちょっと入ってください。ゆっくり話しましょう」

伝次郎は躊躇ったが、しっかり話すべきことなので、そのまま家の中に入った。

居間に座って利兵衛と向かいあうと、早速切りだした。

「おれは半分騙《だま》されているようなもんだ。そうじゃないか。おまえさんはおれに、大事な話に付き添うだけでいいといった。だが、相手のことは教えてくれなかった。ちゃんと聞かなかったおれの落ち度でもあるが、相手が駒留の尹三郎と知っていれば、おまえさんに考えなおすように釘を刺したかもしれない。しかし、お人好しにも付き合ってしまった」

「わたしは騙しているつもりはありません」

「おまえさんがそうでも、おれはそう思わねえ。もらった金はきっちり返す」

「それじゃわたしを裏切るんですか」

「裏切りとかそういうことじゃないだろう。おまえさんに付き合ったばかりに、妙なことになっている。おまえさんは命を狙われている。誰が狙っているのかわからないが、そのとばっちりを受けるのはごめんだ。これ以上の関わりはなしにしよう。おれは多くを望む男じゃない。穏やかに生きたいだけだ。このままおまえさんに付き合っていれば、どんなことになるかわからねえ。駒留の尹三郎とは、あらかた話はついている。それをうまく進めることだ。もらった金は明日にでも返しに来る。それでいいな」

「ちょっと待ってください」

「もういい」

伝次郎は立ちあがって遮った。

「これ以上の面倒事はたくさんだ。金儲けをしたいなら勝手にすればいい」

「伝次郎さん、ちょっと落ち着いてください」

利兵衛は腰を浮かして止めようとしたが、伝次郎はそのまま精次郎の家を出た。

しばらく歩いてから、夜風にふうと息を流した。

いまさらだが、最初から相手にしなければよかったと後悔していた。だが、利兵衛と縁を切ることで、その煩わしさは消える。

仙台堀の河岸道を歩く伝次郎は、海辺橋《うみべばし》をわたって高橋に向かう道を辿った。まだ寝るには早い時刻である。それに、千草の店もそろそろ客が引ける頃だ。このまま寄り道をして、千草を連れて帰ろうかと頭の隅で考えた。

（たまにはそれも悪くない）

いやな思いをしたあとだけに、気分を変えたかった。

ところが、千草の店はすでに閉まっていた。休んだのか早仕舞いをしたのかわからないが、店の戸は固く閉じられていた。

そのまま住まいのほうにまわったが、やはり留守である。ひょっとすると、兄の弥一郎に会っているのかもしれない。どこで会っているのか、また弥一郎が厄介になっている家のことも詳しくはわからない。

伝次郎は夜空をあおいで、小さな吐息をついた。

その頃、利兵衛はいつにない顔で思い悩んでいた。

伝次郎を引き止めることはできないだろうというあきらめはあるが、考えなければならないのは自分の身の振り方である。

うまくゆきかけているときに、何者かに水を差された恰好である。おそらく竹鶴の角右衛門だと思われるが、ただ単に辻強盗だったのかもしれない。もっともそれは気休めにそう思うだけで、やはり自分の命は狙われていると考えたほうがよかった。

「旦那、どうしました。さっきからずっと黙りっぱなしじゃございませんか」

精次郎が気にかけてくれる。

「ここは考えどころだからね」

そう応じただけで、利兵衛はまた考えに耽《ふけ》ったが、今度は長くなかった。

「おまえさんはどう思う？　わたしを襲ったのは誰の差し金だと思うかね」

利兵衛は精次郎を眺めた。

「旦那がいうように角右衛門だと思いますがね。尹三郎親分が手を出してくるとは思えませんからね」

「やっぱりそうだろうね」

「しかし、角右衛門はいってえ誰を雇ったんだろう」

精次郎は真顔で腕組みをする。その昔は捨場《すてば》の鉦蔵《かねぞう》一家にいた男だ。心あたりがあるのかもしれない。

「角右衛門は馬鹿ではない。それこそ、身内や店のものにも気づかれないように手を打っているだろうね」

「刺客《しかく》が誰であるかわかれば、なんとかなるかもしれません」

精次郎はそういうが、気休めでしかない。利兵衛は取り合わない。

「尹三郎親分に守ってもらおうか……」

利兵衛がつぶやくと、精次郎が組んでいた腕をさっとほどいた。

「そりゃ、いいことかもしれませんが、新たに借りを作ることになります」

たしかにそうである。いまここで尹三郎に借りを作るのは得策ではない。

「だけど、殺されちゃかなわない」

「今夜襲ってきたのは二人でした。もっとも近くにもうひとりいたかもしれませんが、数は多くありません。助を頼んでみたらどうです」

「それはさっきから考えていることだよ。伝次郎さんがいりゃ、その必要はないと思っていたんだけど……だからといって、信用のおける人間がいるかね」

利兵衛はそういって、精次郎を食い入るように見た。

この際、用心棒は誰でもいいかもしれない。自分の身を守ってくれる男がいればいいだけのことだ。

「精次郎さん、あんたちょいと動いてくれないか」

「動くって……」

精次郎は眉宇をひそめる。

「頼りになりそうな男を二人ばかり見つけてきてくれないか。昔の仲間でもいい。できないかね」

「そりゃ、できないことはありませんが……」

「こうなったら仕方ない。伝次郎さんがあてにできなくなったからには、人を頼もう。早速、明日にでもお願いできないか」

「二人でいいんで……」

精次郎は真剣な目を利兵衛に向けた。

「いや、三人にしよう」

四

曇り空ではあったが、大川は流れを止めたように穏やかだった。水面の小さなうねりが、雲間から漏れるかすかな光を拾い、ちらちらと、きらめいている。

伝次郎は、柳橋をくぐり抜けるとそのまま神田川を上り、左衛門《さえもん》河岸の外れに舟をつけた。この河岸場は揚場となっているので、荷舟が多い。いまも俵物《たわらもの》を陸揚げしている人足《にんそく》たちが汗を流していた。

伝次郎は櫓床に腰かけて、煙草を喫んだ。対岸の土手にある柳は長い枝葉を垂れさげたままだ。風がないからだ。

川岸を飛んでゆく燕の姿があり、空から鳶が声を降らしていた。

今日のうちに、利兵衛にもらった金を返しに行く腹づもりだった。そうしないと、気持ちがすっきりしない。金を返さなければ、利兵衛のことを心の片隅で引きずったままだ。そんなことは伝次郎の性分に合わなかった。

　煙草を喫み終えると、舟縁に煙管の雁首を打ちつけた。水に落ちた赤い灰が、ちゅんと短く鳴って川底に沈んでいった。

　伝次郎は河岸道にあがると、ねじり鉢巻きをほどいて懐にしまった。船頭半纏に雪駄履き姿は、とくに目立ちはしない。大工や車力《しゃりき》、あるいは駕籠舁《かごかき》も同じような恰好だし、そんな職人らは町中にくさるほどいる。

　伝次郎が向かったのは柳橋だった。利兵衛がほしがっている竹鶴がどんな料理茶屋か、見ておこうと思ったのだ。もはや、どうでもよいことだが、少なからず興味があった。

　店はすぐにわかった。このあたりは同心時代の経験で、目をつぶっていても、どこになにがあるかわかる。

　夜とちがい柳橋の小さな花街は、ひっそりとしている。往来も夜ほど多くはない。竹鶴は老舗《しにせ》の料理茶屋だ。曇天のせいか、佇《たたず》まいはくすんで見えるが、どっしりした立派な店構えだ。近隣にも引けを取らない料理茶屋があるが、竹鶴には風格がある。

これまで気に留めたことはなかったが、利兵衛がほしがるのもなんとなく納得できた。しかし、利兵衛がやろうとしているのは乗っ取りである。そんなことに、少なからず自分が加担したことを、伝次郎は恥じた。

そのまま舟に戻ると、先の佐久間河岸へ移って客待ちをすることにした。


利兵衛は冬木町の精次郎の家で、じっとしていた。だが、普段の余裕もふてぶてしさもその表情にはなかった。腰高障子に人の影が映るたびに、刺客ではないかと、心《しん》の臓《ぞう》が縮みそうになる。

襲われたのが尾を引いているのかもしれない。自分を襲った刺客のことを考えているうちに、昨夜は寝られなくなった。自分の首が刎ね斬られたり、腹を深く刺されたりと、いやなことばかりが頭に浮かんできたのだ。

(こんなはずじゃなかった)

利兵衛は同じことを何度も胸中でつぶやいていた。

どこかで計算が狂っている。どこだろうかと、あれこれ考えてもよくわからない。

竹鶴とはまともな掛け合いをしたはずだ。恨まれる筋合いはない。乗っ取りが成功すれば、そのかぎりではないが、この段階で命を狙われるとは思いもよらぬことだった。

もっともそれが竹鶴の仕業《しわざ》かどうかはわからないが、どうにも気色が悪い。精次郎に用心棒を頼むようにいいつけているが、その用心棒が来るまでは落ち着かない。利兵衛は座ったり、立ったりを繰り返しては、家の中を落ち着きなく行ったり来たりした。朝から天気が悪い。気鬱《きうつ》な自分と同じだと思った。

精次郎が三人の男を連れてやってきたのは、昼前だった。三人とも褒められた人相ではなかったし、目には血腥《ちなまぐさ》い光を宿してもいた。揃ったように一本差しの浪人で、利兵衛を値踏みするように見つめてから、それぞれに腰をおろした。

「川島新七郎《かわしましんしちろう》」

額が広く、猫のようにらんとした目が大きかった。

「近藤主税《こんどうちから》」

六尺近い長身で真っ黒に日焼けした丸顔だった。

「関田東兵衛《せきたとうべえ》」

ずんぐりした肉づきのよい男だった。下がり眉だが、眼光はこの男が一番鋭かった。三人とも三十前後だ。

「精次郎さんから、あらかた聞いてるとは思いますが……」

利兵衛はそう前置きしてから、ざっと自分のことを話した。

「それで、おれたちゃ旦那のそばにいりゃいいんですか？」

利兵衛の自己紹介が終わると、まっさきに近藤主税が訊ねた。

「おおむねそうしてもらいますが、そのときどきで決めましょう」

「おれはどうでもいいが、先に手付けの金をもらっておきたい」

関田東兵衛が利兵衛から目をそらさずにいう。ずんぐりした体とちがい、背中にぞくりと寒気を覚えるような眼光だ。

「承知しておりますよ」

利兵衛は前もって用意していた金包みを三人にわたした。十両ずつである。あとは日立《ひだ》てで払うことにした。無用な出費になったが、たいしたことではなかった。

まずは、自分の命を守ってもらうのが第一である。

簡単な打ち合わせをすると、三人を利兵衛の家まで案内し、川島新七郎に留守を預からせることにした。利兵衛はその足で近藤主税と関田東兵衛を連れて、駒留の尹三郎一家に向かった。もちろん精次郎もいっしょである。

「今日は尹三郎親分と話を決めたい」

利兵衛は歩きながら精次郎にいう。

「うまくまとまることを祈ってます。そうなれば、昨夜のような賊にビクつくこともなくなるでしょう」

「まったくだ」

朝のうちに尹三郎には使いを出して、訪ねる意を伝えてあった。返事はかまわないということだったので、利兵衛は今日が勝負の日だと心を引き締めていた。

河岸道を歩きながら曇天の空をあおぐ。雨が降れば駕籠だろうが、まだ雨は降らないだろうと見当をつけた利兵衛は、筑前黒田《ちくぜんくろだ》家の下屋敷そばで猪牙を二艘仕立てた。

「あの男たち、腕はたしかなんだろうね」

舟に乗り込んでから、利兵衛は精次郎に聞いた。

「心配いりません。三人ともやわな剣術道場で腕を磨いたのではありませんから」

精次郎は片頰ににやりと笑みを浮かべた。つまり実戦剣法を身につけているということだろう。こういったときに精次郎は役に立つから、利兵衛は離さないのである。

「さて、今日は腹を据えて、親分との話し合いだ。おそらく向こうもそうだろうからね」

用心棒をつけたことで、利兵衛は普段の余裕を取り戻していた。舟は大川に出ると、ゆっくりと川岸に沿って上りはじめた。

五

浅草今戸町《いまどちょう》にある小さな飯屋から出た伝次郎は、空をあおぎ見て、くわえていた爪楊枝《つまようじ》をぷっと吐きだした。もういくらもしないで空が泣きだしそうな気配だ。

(今日はこれで仕舞いにしよう)

雨にたたられての仕事はおもしろくないし、客も舟を敬遠する。それに、朝のうちに四組の客を拾っていたので、欲を張る必要はなかった。

舟に乗り込むと、そのまま山谷堀を抜けて大川を下った。伝次郎と同じように急いで帰る猪牙舟が見られる。ゆったり川を下るのは材木船ぐらいだった。

家に戻ったら、その足で利兵衛に金を返しに行き、千草に会おうと思った。昨夜、店を閉めて留守にしていたのが気にかかっている。おそらく弥一郎という兄のことだろうが、その後どうなったのか話を聞きたい。

新しい猪牙は、以前使っていた老舟とはあきらかにちがった。水の切り方や、浮かび方がちがうのだ。おそらく船頭にしかわからない感覚だろうが、あらためて小平次の腕のよさに感心していた。

吾妻橋をくぐり抜けたあたりで、小さな雨粒が頰にあたった。降りは強くないが、空をおおっている雲の色を見ると、このままではすまなさそうである。伝次郎は棹を使って舟の速力をあげた。

たたきつけるような雨が降りだしたのは、大橋を過ぎて竪川に入る手前だった。おかげで山城橋の舟着場に舟を舫ったときには、びしょ濡れになっていた。

利兵衛はこの前と様子がちがうと思った。

土間横の小座敷でさんざん待たされたあげく、尹三郎と会う座敷に通されても、当の本人はなかなかあらわれない。

それぱかりか、精次郎はその座敷に入ることを拒まれた。連れてきた用心棒の近藤主税と関田東兵衛も同じである。

降りだした雨の音が大きくなっていた。そのせいか、座敷の中がひんやりとしている。

縁側の向こうにある庭木も烟《けぶ》って見えるほどだ。

「やあ、利兵衛の旦那……」

尹三郎がのっそりと姿を見せたときには、利兵衛が座敷に入ってたっぷり小半刻は過ぎていた。尹三郎の子分が三人、同じく座敷にやってきて隅に控えた。

「それで、この前のつづきだな」

尹三郎は煙管の雁首を使って、煙草盆を引きよせた。

「はい。お約束どおり、こんなものを作ってまいりました。ご覧ください」

利兵衛は昨夜書いた書面を尹三郎に差しだした。

竹鶴の営業権を手にしたあとの構想である。また、竹鶴をどのように造り替えるかの絵図面も、へたながら描いて添えていた。

もちろん、売り上げの見込みと出費の概算をはじきだし、いかほどの利益が見込めるかも記してあるし、奉公人や芸者の数も細かく書いておいた。

尹三郎は食い入るようにその書付と絵図面を見ていたが、急に興味をなくしたように脇に置いた。ぞんざいに放り投げるような置き方だった。

利兵衛は眉を動かして、くわっと目を見ひらいた。

「てえしたもんだ。利兵衛さん、あんたの考えはわかった。だが、わからねえことがひとつだけある」

「なんでございましょう」

「金さ。あんたは金を持っているというが、それは一体全体どこにある」

「それはお教えできません」

利兵衛はきっぱりといった。

金の在処《ありか》を聞かれるのは予測ずみである。だからといって、それを教えるわけにはいかない。尹三郎は眉間に深いしわを彫《ほ》った。

「ですが、ちゃんとあるところにあります。必要とあらば入り用の金は、すぐに揃えることができます」

「すぐにって……」

「まあ二、三日の猶予《ゆうよ》は見ていただかなければなりませんが……」

「それじゃ、手許にも江戸にもないってことかい」

「まあ、その辺のことはご勘弁ください。しかし、それをお読みいただければ、大まかなことはおわかりいただけたはずです。決して親分さんに損をさせるつもりで、こんな話をしているわけではありません」

「ああ、そうだ。月に七百両もおれに払えるらしいからな」

利兵衛にはその言葉が皮肉に聞こえた。疑っているのだとわかった。

「二年後三年後と、先のことを考えればそうなる計算です。わたしの算盤勘定の見立てではありますが、大きな商いができるのはまちがいないでしょう」

「ふむ」

尹三郎はしばらく考える目つきになって、煙管に刻みを詰め、燭台の火を使って紫煙を吹かした。

「なにか、ご不審がおありでしたら、ちゃんとお話しいたします」

「そりゃあいろいろある。まず、おまえさんはどこにも店を持っていねえ。まあ、家はあるらしいが、それは借家だ。そして、大坂で儲けた金があるというが、それがいかほどあるのか、ほんとうにあるのかどうかわからねえ」

「おっしゃることはごもっとも。しかし、その辺はわたしを信用してもらうしかありません」

「おい、おれとおめえさんとの付き合いはどれほどある……」

尹三郎はいままで見せたことのない眼光で利兵衛を見据えた。

「そ、それは……」

「今日を入れて会ったのは、たったの三回こっきりだ。それで人を信用しろっていうのは虫がよすぎるぜ」

「しかし、親分さんに損をさせようという話ではありません。それに、親分さんはびた一文《もん》出す必要ないんでございますよ」

「そんなことをいってるんじゃねえ。これでも、五十人を下らねえ子分をしたがえる渡世人だ。人を見る目はたしかだ。おれと組んで仕事をしたけりゃ、まずはおれに信用を売ることだ。それが筋ってもんだろう。おめえさんが裏切るような男じゃねえ、信用のできる人間だとわかりゃ、どんな話でも乗ってやるさ」

「それじゃ……」

利兵衛は予想とはちがう展開に青くなった。

「おう、今度の話はなかったたってことだ」

「それはもったいのうございます。これは一生に一度あるかないかの、勝ちを見込んでの大きな賭《か》けなんですよ」

「おい、口が過ぎるぜ。博奕《ばくち》ってェのに、勝つ賭けなんてねえんだ。そりゃあ、細工を施してのイカサマはあるが、商売でイカサマなんてできねえだろう。そんなことしたら、それこそ信用をなくして、店をつぶすようなもんだ。そうじゃねえか……」

「竹鶴さんと話をされたんですね」

利兵衛は竹鶴角右衛門の入れ知恵だと思った。

「まあ、会いはしたが、この話には触れちゃいねえ」

尹三郎は顔色ひとつ変えず答えた。その口ぶりにもよどみがない。片頬には人をいたぶるようなうすい笑いを浮かべてもいた。利兵衛はその顔を見つめたが、長く顔をあわせていることはできなかった。

（わたしを信用できないのだ）

利兵衛は直感でそう思った。大坂にいるときには、大概のやくざ者は金で転ばすことができた。そして、転んでくれたし、助をしてくれた。江戸のやくざも同じだと思ったが、目の前にいる男は、どうやらちがったようだ。はるかに計算高く、そしてなにより目先のことを第一に考える男のようだ。

「教えてやるが、おれは鉄火場で生きてきた男だ。斬った張ったの繰り返しで、明日の命もあるかどうかわからねえ生き方をしてきた。それは、いまも同じだ。明日、ころっと逝っちまうかもしれねえ。だから二年三年なんて先のことは考えたことがねえ。大事なのはいまだ。明日じゃねえ。今日が大事なんだ。また、今日があるから明日があるとも思っちゃいねえ。おめえさんの話はたしかにおもしろかった。涎《よだれ》が出そうにもなった」

利兵衛は打ちのめされていた。落胆し、失望し、そして悔しかった。

「では、わたしの相談は受けてくださらないということですか……」

がっかりしているので、声にも力がなかった。

「まあ、相談に乗るとすりゃあ、ひとつだけある」

利兵衛はさっと顔をあげた。

「おれの目の前に、千両積んでくれりゃ話に乗ってもいいさ」

利兵衛は唇を引き結んだ。

千両程度の金を積むのは容易いことだ。しかし、それをすればどうなるかわからない。こういった相手には、金を小出しにするしかない。大金を目の前に積めば、そのまま誰にも知られないように闇に葬られるのがおちだ。

「どうするよ、利兵衛さん」

尹三郎は煙管を灰吹《はいふ》きに打ちつけた。ぼこっ、と音がした。利兵衛はびくっと肩を動かして、尹三郎を窺うように上目遣いに見た。

我知らず顔がこわばり、恐怖にも似た緊張を覚えた。これから自分が口にする言葉に、尹三郎がどう反応するか、それが怖かった。早くこの座敷から逃げだしたかった。ひょっとすると生きて帰れないかもしれないという考えが、胸をよぎった。

「で、では、出なおすことにいたします」

ようやく言葉が口をついて出たが、わずかにふるえているのが自分でもわかった。

もし、ここで取り押さえられたら、昨夜自分を襲った賊は尹三郎の差し金と考えてよかった。

助けてくれるものは、誰もいない。精次郎も雇った二人の用心棒も、戸口横の小座敷にいる。いや、もう別のところに連れ去られているかもしれない。

「それじゃ、暇なときにでも遊びに来てくれ。おまえさんは、おもしろそうな男だ。もっといろんな話をしようじゃないか」

はっと、利兵衛は息を吐いた。

尹三郎のいまの言葉にどれだけ救われたかわからない。

「は、はい。お邪魔をいたしました」

利兵衛は立ちあがった。心底《しんそこ》安堵したせいで、足がよろけたほどだ。しかし、廊下に出てまた別の考えが浮かんだ。この屋敷を出るまでは安心できないと。

足を一歩動かすたびに、心の臓が早鐘《はやがね》を打った。廊下の先の式台に、一家の若い衆が三人控えていた。感心できない目でにらむように見てくる。

利兵衛は喉がからからになった。掌《てのひら》には汗をかいていた。

「お帰りですか？」

若い衆が聞いてきた。

「は、はい」

答えた利兵衛の声は、情けないほど裏返っていた。すぐに脇の障子が開き、精次郎と二人の用心棒が姿を見せた。それを見て、胸をなで下ろした。

「旦那、大丈夫ですか？　顔色が悪いですよ」

尹三郎一家を出てすぐに、傘を差しかけてくる精次郎が心配そうな顔を向けてきた。

「ああ、なんでもない」

「それでどうなりました？」

利兵衛は胸を押さえながら、板塀に手をついた。

六

ずぶ濡れになった伝次郎は、家に戻って股引と半纏などを脱ぎ捨てて、冷えた体を熱い茶で温めていた。初夏とはいえ、雨に濡れた体は体温を奪われる。

ようやく人心地《ひとごこち》つくと、懐に金を入れて家を出た。雨の勢いは衰えておらず、道のあちこちに水たまりが出来ていた。その雨を切るように燕が飛んでいる。

伝次郎は六間堀沿いの道を歩き、北之橋をわたって高橋の通りに出た。途中で千草の店をたしかめたが、戸は閉まったままだった。戸をたたいても返事はない。まだ留守にしているようだ。そのまま、利兵衛の家に向かった。もし、いなければ冬木町の精次郎の家だろうと見当をつける。

雨が強く、高橋をわたったときには、小袖の裾や肩が濡れて黒くなっていた。雪駄はびしょびしょである。魚籠《びく》と竿を担いで、裸足で駆けていく男がいた。行商の男が水たまりを飛ぶようにして歩いていた。

仙台堀の河岸道に出たとき、雨は幾分弱くなったが、人の姿はまばらにしか見られない。堀川には舟が繋がれたままで、雨を受ける川面が幾重にも波紋を広げていた。

利兵衛の家のある路地に入ったが、そこにも人は見られなかった。どの家も戸をしっかり閉めている。屋根をたたく雨音しかしない。

利兵衛の家の戸も、他の家同様に閉められていた。戸をたたき、声をかけるが、返事はない。しかし、家の中には人の気配が感じられた。

「誰かいるんだったら開けてくれるか」

そう声をかけると、戸の向こうに人の立つ気配があった。

「誰だ？」

利兵衛の声でも精次郎の声でもなかった。伝次郎は眉宇をひそめた。

「沢村伝次郎だ。利兵衛はいないのか？」

声を返したとたん、戸が勢いよく開いた。同時に白い閃光を放つ刃が空気を切った。伝次郎はとっさに下がったが、相手は追い打ちをかけて撃ち込んでくる。

半身をひねってかわし、間合いを取り、たたんだ傘を右手一本で、刀のようにかまえた。伝次郎は無腰だった。

「なにをしやがるッ」

「ほざけッ」

相手は右八相《はっそう》に構え、大きな目をらんと光らせて詰めてくる。広い額にあたる雨粒が小さな飛沫をあげていた。総身《そうみ》に殺気をみなぎらせている。

（これはまずい）

無腰の伝次郎は武器になるものがないか、素早く目を動かしたが、そんなものはなかった。相手は地を蹴って、袈裟懸けに撃ち込んできた。伝次郎は身をひねりながら前に飛び、傘で相手の腕をたたいた。傘が折れただけだった。

だが、そのとき、相手にわずかな隙が出来た。これを逃すべきではなかった。紙一重の差で、相手より早く動いて懐に飛び込むと、刀をにぎっている相手の右腕をつかみ取り、その体を腰にのせて、投げつけた。そのまま右腕をひねりあげて、腰を膝で押さえた。

「なんで襲いやがる。さては、利兵衛を狙っている刺客だな。誰の指図だ。いえッ」

「ち、ちがう」

「正直にいわねえと腕を折る」

伝次郎は相手の腕を強くひねった。

「痛ッ、や、やめてくれ。おれは留守を預かっているだけだ」

「なんだと……」

「嘘じゃねえ。利兵衛の旦那に頼まれて留守番をしてるだけだ」

「ほんとか……」

「てめえこそ、旦那を殺しに来たんじゃねえのか。おれは雇われただけだ」

伝次郎は押さえている相手をしばらくにらんでから、

「ほんとうだな」

と、聞いた。相手は嘘じゃないという。

伝次郎は相手の刀を奪い取って、ひねり上げていた腕を放してやった。

「名は？」

伝次郎は男を利兵衛の家の中に入れてから訊ねた。刀を突きつけているので、男は抵抗できず、ひねられた右腕をさすっていた。

「川島だ。川島新七郎という」

「用心棒か？」

短いやり取りから、そう察することができた。

「まあ、そんなとこだ」

「利兵衛はどこに行っている？」

「駒留の尹三郎に会いに行ってる。てめえはいったいなんだ」

「昨日まで利兵衛に雇われていた男だ。おまえはその代わりに雇われたんだろう。なるほど、そういうことか」

伝次郎は新七郎にあった敵意がなくなっているのを見て、刀を返してやった。

「利兵衛が雇ったのはおまえだけか？」

「もう二人いる。そいつらは利兵衛の旦那といっしょだ」

「利兵衛が襲われたのは知ってるんだな。その相手は誰だかわかっているのか」

新七郎は首を横に振って、わからないといった。利兵衛が出かけてから、もう二刻（約四時間）近くなるという。伝次郎は待つことにした。

しかし、小半刻たっても利兵衛の帰ってくる様子はなかった。雨のせいで表はすでにうす暗くなっている。

「出なおすことにする。利兵衛が帰ってきたら、おれのことを話してくれ」

伝次郎は腰をあげてからいった。

「ああ、いっとくよ」

伝次郎は利兵衛の家にあった傘を借りて、そのまま表に出た。途中で利兵衛たちに会うかもしれない。それを期待して、やって来た道を戻った。

歩きながら利兵衛と尹三郎の話がどうなったか気になった。いまさらどうでもよいことだが、もしうまく話がまとまっていれば、利兵衛は尹三郎に自分が命を狙われたことを話しているかもしれない。そうであれば、竹鶴の角右衛門に疑いをかけて、なんらかの対抗策を講じるだろう。

(まさか、角右衛門を締めあげているのでは……)

そんなことを危惧したが、尹三郎は角右衛門とつながりがある。めったな手出しはしないだろう。

あれこれ考えながら歩いたが、結局利兵衛に出会うことはなかった。高橋をわたると、千草の店に足を向けた。戸は閉まっていたが、店の中にあかりがあった。厳しい顔をしていた伝次郎の表情がわずかにゆるむ。そのまま戸に手をかけて、

「邪魔するぜ」

と、店の中に足を踏み入れた。

とたん、ひとりの男がびっくりしたように伝次郎を振り返った。その肩越しに、かたい表情をした千草の顔があった。

七

「伝次郎さん……」

千草がつぶやきを漏らして、言葉を足した。

「あの、兄です。兄さん、前に話した船頭の伝次郎さんよ」

「これはお初にお目にかかります」

伝次郎は戸を閉めてから頭を下げた。

「妹が世話になっているそうで……」

千草の兄・弥一郎は、伝次郎を品定めするように見てから口を開いた。鶴牧の道場で師範代をやっていたというだけあって、立派な体つきをしていた。しかし、店の中には気まずい空気が漂っている。千草と弥一郎は深刻そうな顔をしていた。

「出なおそう」

伝次郎は邪魔をしては悪いと思った。踵《きびす》を返そうとすると、「待って」と千草が呼び止めた。

「せっかくですから、伝次郎さんにも話を聞いてもらいましょう。兄さん、いいでしょう。いまお茶を淹《い》れますから……」

そういったあとで、千草はお酒がいいかしら、と伝次郎と弥一郎に問いなおした。

伝次郎が答える前に、

「茶でいい。まあ、これへ」

弥一郎がいって、飯台の腰掛けを伝次郎に勧めた。伝次郎は帰るきっかけをなくしたまま、弥一郎と向かいあう形で座った。

「なにか、大事な話をしていたんじゃ……」

「気にすることはありません。伝次郎さんは、元は御番所の方だったとか……」

千草から聞いているらしく、弥一郎はそんなことをいって、

「いえ、これは口止めされていたんですけど、ご本人の前ならかまわないでしょう」

と、弁解した。

伝次郎が千草を見ると、申し訳なさそうに目を伏せた。

「あまり昔のことはほじくられたくはありませんが……」

伝次郎は千草から茶を受け取って口をつけた。

「兄さん、伝次郎さんからも話を聞いたらいかが。船頭さんだって一人前になるのは、生易《なまやさ》しいことではないんですよ。ひとりならまだしも……」

「黙れッ。もうおまえの説教くさい話はたくさんだ。それにおれは職人になるのは、あきらめたといったろう。毎度毎度同じ話をしおって」

弥一郎が千草の話を遮れば、

「職人はやめたから、商いをするといってもそれも易しいことじゃないのよ。わたしだってこの店を切り盛りするのが大変なんですから」

千草も遮って、いい返す。

「もういい。同じことばかりいいおって、これじゃ話が先に進まぬわ」

「ちょっとお待ちを……」

伝次郎は間に入って、千草と弥一郎を交互に見た。

「弥一郎さんとおっしゃいましたな。少しだけ話は聞いていますが、ご新造さんと子供さんはどうされました？」

「あれは里に帰りました。まあ、うだつの上がらないわたしに愛想《あいそ》を尽かしたんでしょうが、こうなったら離縁もやむを得ないでしょう」

弥一郎は投げやりなことをいって、すぐに言葉をついだ。

「初めてお会いして、こんなことを申すのもなんですが、伝次郎さんは元は町奉行所の同心だったのですね。すると、お顔も広いでしょう。わたしは半ば都落ちで、江戸を離れ上総鶴牧の道場で仕事をしていたのですが、その……」

弥一郎は急に口ごもった。

「千草殿から、あらかた聞いております」

伝次郎はそういってから、ちらりと千草を見た。千草の目が頼みますというように訴えていた。小さく顎も引かれた。

「では、話が早い」

弥一郎は千草を見てから、すぐに伝次郎に顔を戻した。

「仕官の口はあきらめていますが、伝次郎さんの知り合いに、わたしのような男をほしいという人はいないでしょうか。これは恥を忍んでいうことですが、二進《にっち》も三進《さっ》ち《ち》もいかなくなり、頼れる人がいればどんな方にも頭を下げる覚悟です。妻や子のことも考えなければなりませんし、これ以上道草《みちくさ》を食えなくなりまして。いや、お恥ずかしい話ですが、もし、そんな方に心あたりがあれば、取り持っていただきたいのです」

伝次郎は醒めた顔で茶に口をつけた。

さっきは妻を離縁するといったが、本気ではなかったようだ。これで千草の悩みがよくわかった。

弥一郎は本来の自分を見失っている。切羽詰《せっぱ》まって、心のゆとりをなくしているのだろう。きりっとした精悍《せいかん》な顔をしているが、目には焦りの色がありありと浮かんでいる。

「……憚《はばか》りもなくいいますが、いまのあなたを紹介するような人はいません」

弥一郎の目が急に厳しくなった。悔しそうに唇を引き結び、恨みがましい目を伝次郎に向けた。

「自分の道は自分で拓《ひら》くもの。他人に頼ることもあるだろうが、それは頼る自分がしっかりしていればの話。いまの弥一郎殿をどんな人に引き合わせても、請け合ってくれる人はいないでしょう」

伝次郎は武士言葉になっていった。

「なんですと……」

「怒るなら怒ってもいいが、その前に自分に怒るべきではないか。武士なら武士らしく、男なら男らしく、己をじっくり見据えて、いま自分になにができるのか、それを見極めるのも肝要ではなかろうか。いまの弥一郎殿は常とはちがうはずだ。焦るあまり、自分のこともまわりのこともよく見えていないのだろう。一度、妻と子のもとに戻り、心を静め、己を見つめなおされたらどうだ。そうすれば、なにか見えてくるのではなかろうか。説教くさいことをいって申しわけないが、初めて会ったわたしがそう思うのだから、もっと目の肥えている人間なら、すぐに弥一郎殿のことを見抜くだろう。あるいは、足許を見られて安く買いたたかれ、都合よく使われるのがおちだ」

「………」

弥一郎は挑むような目を向けてきたが、その目には本来あるべき輝きがなかった。悔しそうに唇を噛みうつむいた。

「窮しているのだろうが、窮しているときこそ、気持ちを強く持たねばならぬ。そうしないと、己に負けて血迷うだけだ。かえって他人に迷惑をかけることになるかもしれぬ」

「わたしだって、ものの道理ぐらいわかっている。いったいあんたに何がわかるというのだ」

弥一郎は自嘲めいた笑みを引っ込めて、伝次郎をにらんだ。

「ものの道理がわかっているなら、まわりを悩ますことはなかろう」

「なに……」

「当人もそうだろうが、妻女は当人以上に悩んでいるはずだ。ここにいる妹も、そなたのことで頭を悩ませている。まわりを悩ませるというのは、己に落ち度があるからではないのか」

弥一郎はくっと口を引き結び、固くにぎりしめた自分の手に視線を落とした。

「妻や子を不幸にしたくなければ、しっかりすることだ。そなたは強い男のはずだ」

弥一郎ははっと顔をあげて、目をみはった。

「いきなり手厳しいことをいってすまなかった。気に障ったら許してもらいたい」

伝次郎はそういって腰をあげた。

「待ってください」

弥一郎が引き止めた。そのまま伝次郎と短く見つめあった。

「……たしかにおっしゃるとおりかもしれない。お初にお目にかかったのに、無礼なことを申しました」

弥一郎は立ちあがって、深く頭を下げた。

「わたしも口が過ぎたかもしれぬ。こちらこそ無礼があったら許してもらいたい」

「いえ、そんなことは決してありません」

弥一郎の向けてくる目には、さっきとはちがう畏敬《いけい》にも似た親しみの色が浮かんでいた。

「取り込み中だったようなので、わたしはこれで失礼する」

千草が、いてもかまわないといったが、伝次郎は聞かずに表に出た。すぐに千草が追ってきた。

「伝次郎さん、ありがとうございます。やはり、わたしではいえないことをいってくださった。あれで、兄も少しは目が覚めたと思います」

「いや、差し出がましいことをいってしまったかもしれねえ。そうだったら勘弁してほしい。そう伝えてくれ。また、来る」

伝次郎はそういって歩きだしたが、「伝次郎さん」という声が追いかけてきた。

「なんだ」

振り返ると、千草が嬉しそうに微笑んでいた。

「やっぱりよかった」

「うむ」

伝次郎は今度こそ歩き去った。しばらく弥一郎のことを考え、海老沼仙之助に紹介したらどうなるだろうかと思った。

しかし、それは危ないことだとすぐに否定した。弥一郎には大事な妻子があり、妹の千草がいる。危ない橋をわたる仕事をしている海老沼には紹介できない。

山城橋の近くまで来て、伝次郎は利兵衛のことをどうしようかと考えた。懐にしまっている金を返さなければならない。そうしないと、どうも気持ちがすっきりしない。

気づくと、雨は小降りになっていた。

（いやなことは、今日のうちに片づけよう）

伝次郎は尹三郎の家に行ってみることにした。会えなければ、明日にでも返済すればいい。

町あかりに斜線を引いていた雨は、もうやみそうな気配だ。

空もうすい雲に変わっていた。

第六章　木更津《きさらづ》河岸

一

雨がやんだせいか、夜の町に人の影が増えていた。

駒留の尹三郎一家に近い町屋の軒行灯にも火が入れられている。水たまりにそのあかりが映り込んでいて、にぎやかな声も聞こえていた。

尹三郎の家の前に来たが、戸はしっかり閉じられていた。若い衆の姿もない。戸の隙間にうすいあかりはあるが、ひっそりと静まっている。

伝次郎は迷った。もう、利兵衛はいないだろう。その公算が高い。留守番をしていた用心棒の川島新七郎は、利兵衛が出かけたのは昼過ぎだといった。こんな遅くまで話し合いがつづいているとは思えない。

ひょっとすると、話がまとまり、手打ちをするために料理屋にでも繰りだしているのかもしれない。博徒のすることは派手だ。目出度いことがあれば、すぐに酒盛りだ。

(無駄足だったか……)

伝次郎は立ち往生したまま、小さく舌打ちした。

利兵衛らとどこかで行きちがっているのかもしれない。そう考えることもできた。むきになって今夜金を返すことはないのだ。

(明日にするか……)

徒労《とろう》感を覚えた伝次郎は、小さなため息をついて、今度こそ帰ることにした。

しかし、柳橋のそばで思わぬ男に声をかけられた。

「あんた、今日は顔を見せなかったな」

そういって近づいてきたのは、尹三郎一家の番頭格だった。名前は忘れたが、顔はしっかり覚えている。背後に若い衆を五人したがえていた。

「ああ」

伝次郎は短く答えて、気持ちを引き締めた。すぐそばにある軒行灯のあかりが、番頭格の左頰を染めていた。そのせいで、目の脇にある一寸ほどの古傷が際だって見えた。

「例の話はご破算《はさん》だ。聞いちゃいると思うが、親分が撥ねつけた。利兵衛って人はそれなりの分限者なんだろうが、目に見えねえ先の話だから無理はねえだろう」

「それじゃ、話は流れたのか……」

「なんだ、聞いてねえのか」

番頭格は口の端に冷ややかな笑みを浮かべた。

「今日は外せない用があって、利兵衛の旦那には会ってないんだ。そうか、尹三郎親分は呑んでくれなかったか」

「利兵衛さんは、ずいぶんしょぼくれた顔で帰っていったぜ」

「そうだったか、まあ仕方ないだろう。それじゃ……」

伝次郎が去ろうとすると、

「あんた、どっかで見たような気がするんだ。おれの面《つら》を覚えちゃいねえか」

と、番頭格がいう。

「この前、尹三郎親分の家で会ったばかりじゃないか……」

「そうかな。おれはどうも前に会っているような気がするんだ」

番頭格は眉間にしわを寄せて凝視してきた。

伝次郎は、同心時代に会ったのかもしれないと思ったが、たしかな記憶はなかった。

「他人の空似《そらに》かもしれねえな」

番頭格はそういって一方に行こうとしたが、今度は伝次郎が声をかけた。

「おまえさん、名は？」

「おれか……卓蔵《たくぞう》だ。七軒《しちけん》の卓蔵といやァ、おれのことだ。まあ、またどこかで会うだろう。あばよ」

卓蔵はそういって背を向けた。

連れの若い衆らも、伝次郎に一瞥《いちべつ》をくれて去っていった。

そのときになって、七軒の卓蔵という名を思いだした。昔、芝七軒町《しばしちけんちょう》のあたりで名を売った暴れ者だ。伝次郎は何度か、その取り締まりにあたったことがある。

もう、十年以上も昔のことだ。

「そうか、あの男だったか」

声に出してつぶやいた伝次郎は、もう一度卓蔵の去ったほうを見たが、もうその姿はなかった。

伝次郎は再び家路を辿りはじめたが、話をまとめられなかった利兵衛のことを考えた。思惑どおりにいかなかった利兵衛の落ち込みようは、さっきの卓蔵の話からなんとなく想像できた。

どんなふうに話が進められたのか、それはわからないが、結果的には駒留の尹三郎は利兵衛の話より、竹鶴とこれまでどおりの付き合いをするということだろう。利兵衛の計画はたしかに魅力的だが、それは先のことであり、どう転ぶかわからない話だ。

尹三郎は手堅く、竹鶴との関係をつづけることを選択したということになる。つまり、それは竹鶴を乗っ取ろうとした利兵衛の計画が、水泡《すいほう》に帰《き》したということだ。これで利兵衛は、竹鶴にへたな手出しはできなくなった。もし、強引なことをすれば、駒留の尹三郎が黙っていないだろう。

そこまで考えて、待てよ、と足を止めた。柳橋に差しかかるところだった。

利兵衛は命を狙われたが、さっきの卓蔵の話しぶりからすると、尹三郎一家の仕《し》業《わざ》だとは思えない。やはり、利兵衛の命を狙ったのは別の人間だ。もし、その刺客を差配したのが、竹鶴の角右衛門だったら、いまも利兵衛は命を狙われていることになる。

（もし、そうなら……）

伝次郎の心が騒いだ。

角右衛門に会って、たしかめるべきではないか。思いちがいならいいが、もし角右衛門がからんでいれば、早く利兵衛と尹三郎の話が流れたことを知らせ、刺客の手を引かせなければならない。

伝次郎はその場で背後を振り返り、料理茶屋・竹鶴に向かった。いやな胸騒ぎがしているせいか、自然と足が速くなった。

二

「はい、今日は寄り合いがありまして留守をしています」

竹鶴の番頭は訝《いぶか》しそうな顔を伝次郎に向けた。

「寄り合いはどこでやってる？」

「米沢町《よねざわちょう》の須磨屋《すま》さんです」

老舗の貸座敷屋だ。答えた番頭はすぐに言葉をついだ。

「ですが、もうお開きになっているはずです。おそらく別の店に繰りだしておいででしょう。いつもそうですから……。お急ぎのご用でしょうか……」

番頭は商売の手前、丁寧な応対をするが、目の奥に不審の色を浮かべている。伝次郎は雨に濡れた着流し姿だ。雪駄も泥道で汚れている。およそ竹鶴にはふさわしくないなりだから無理もない。

伝次郎はどうしようか短く考えた。廊下の奥に女中の姿が見えるが、店は暇なようだ。客のものと思われる履き物も少ない。今日の雨を考えれば、客足が鈍るのは仕方ないだろう。

「角右衛門さんの帰りは、いつになるかわからないだろうな」

「さあ、そればかりはわたしにもわかりません。寄り合いの日は、決まって遅いようですから……」

今夜会うのは難しいかもしれない。だが、大事な話がある。明日の朝にでも会いたいのだが、どうすればいい」

伝次郎は番頭の目を凝視する。番頭はあきらかに戸惑っている。客でもなければ、見も知らぬ男である。

「どうとおっしゃっても、言付《ことづ》けでしたら伝えておきますが……」

「じかに会って話したいんだ」

「いやァ、困りましたねえ」

番頭は頭をかいて、弱り切った笑みを浮かべた。

「駒留の尹三郎にからむ話だ」

とたんに番頭の笑みが消えた。

「主は毎朝五つ半（午前九時）ごろには、帳場に出てきます。明日もそうでしょう」

「では、明日の五つ半に訪ねてくる。帰ってきたらそう伝えてくれ」

「あ、はい。沢村伝次郎さんでございましたね」

「そうだ」

伝次郎はそのまま竹鶴を出た。近くの店から楽しそうな嬌声が聞こえてきた。

雨あがりの空にあった雲がはかれ、町屋の向こうに星のまたたきが見えていた。

伝次郎はそのまま家路を辿った。大橋をわたりながら、暗い川面を眺め、もう一度利兵衛の家に行こうと考えた。金を返したいという思いもあるが、利兵衛の身が気になる。用心棒はついているが、だからといって安全だとはいいきれない。

（くそっ、こんなに気をまわすことになろうとは……）

胸中で吐き捨てた伝次郎は、足を急がせた。

そのまま家に帰った伝次郎は、刀を手にして再び家を出、山城橋の舟着場に行き、自分の猪牙に乗り込んだ。舟提灯にあかりを入れ、刀を足許に置き、小袖を尻端折《しりはしょ》りして棹をつかむ。

六間堀をそのまま下り、利兵衛の家に向かった。

穏やかな流れに月あかりが射していた。昼間の雨はまるで嘘のようだ。小名木川を経由して大川に出た。

舟は棹を使わずとも勝手に流れにのる。いくらも下らずに、上之橋《かみのはし》から仙台堀に入った。あとはまっすぐである。

動いている舟はなかった。伝次郎の猪牙だけが、穏やかな仙台堀で静かな波を切る。河岸地の舟着場には、猪牙や荷舟などの川舟が肩を寄せあうようにして繋がれていた。ところどころの川面に、町屋のあかりが帯のように映り込み、ゆらゆらと揺れていた。

伝次郎は適当な河岸地に舟をつけると、刀を手に陸《おか》にあがった。そのまま河岸道を歩いて利兵衛の家に向かう。小料理屋にあかりはあるが、客の声は漏れ聞こえてこない。代わりに犬の吠え声がしていた。

利兵衛の家にはあかりがついていなかった。戸をたたき、声をかけても返事もない。伝次郎は暗い路地を眺めた。人の気配はない。

もう一度戸をたたき、腰高障子を引き開けようとしたが猿《さる》がかかっているらしく、びくともしない。

「利兵衛、いないのか」

返事がないので、耳をすまして五感をはたらかせた。家の中に人のいる気配を感じ取ることはできなかった。

(まさか、襲われているのでは……)

いやな胸騒ぎがした。

伝次郎は刀の鐺《こじり》を使って猿を壊し、戸を引き開けた。真っ暗だ。提灯をかざして、家の様子を見たが、人の姿はなかった。

精次郎の家かもしれない。そう思った伝次郎は舟に引き返し、今度は対岸につけて精次郎の家を訪ねた。こちらも留守のようで、声をかけてもなんの応答もない。

どこに行っているんだ、と周囲を見まわすが、見当はつかない。ひょっとすると、刺客を避けるために、居場所を変えているのかもしれない。利兵衛は普段は鷹揚にかまえているが、周到で用心深い男だ。一時避難は考えられることだ。

それならそれでいいと思ったが、なんだかひとり気を揉んでいる自分が馬鹿らしくなった。勝手に茶番《ちゃばん》を演じているようなものだ。

伝次郎は徒労感を募らせたまま舟に戻った。帰りはいつになく棹が重く感じられた。体の芯に鉛《なまり》のような疲れがあった。

三

昨日の雨とは打って変わり、真っ青な空が広がっていた。三羽の鳶がゆったり旋回しながら、のどかな声を降らせている。

大川の水はきらめき、草花も瑞々《みずみず》しく輝いていた。

伝次郎は大橋をくぐり抜けたところだった。今朝も船頭のなりではない。着流した縦縞の木綿を尻端折りし、襷《たすき》をかけているだけである。

舳寄りの舟梁の下にある隠し戸に、伝次郎は自分の刀を入れていた。小平次の細工だが、便利である。

そこには、淦《あか》をすくう手桶も入れられるし、舟を手入れする雑巾《ぞうきん》やたわし、あるいは着替えをしまうこともできた。同じように櫓床の下にも、物を入れられる空間がある。そちらには菅笠《すげがさ》と舟提灯を入れていた。

天気がよいので、上り下りをする舟の数が多い。昨日仕事のできなかった船頭らの、運搬作業が忙しくなっているのだ。俵物や箱物を積んだ荷舟が目立つ。

伝次郎は浅草橋をくぐった先にある石切河岸《いしきり》に舟を舫うと、しまっていた刀を取りだして腰に差した。

竹鶴の角右衛門はそろそろ帳場に出てきている時刻だ。番頭の話ではそうである。おそらく、話は伝わっているはずだ。昨夜、伝次郎が駒留の尹三郎の名を口にすると、番頭はさっと顔色を変えた。

暖簾は掛かっていなかったが、竹鶴の玄関は開け放してあった。奉公人が忙しそうに出たり入ったりしている。一流の料理茶屋だけあって、朝早くから支度をしているのだろう。

伝次郎が玄関に入ると、それと気づいた昨夜の番頭が飛ぶように出てきた。

「これはご苦労様でございます。昨夜のことは主に伝えてありますので、どうぞこちらへ」

昨夜とはちがう対応である。

伝次郎は式台をあがった先の小座敷に案内された。

「すぐ呼んでまいりますので……」

番頭はそそくさと出ていった。待つほどもなく、竹鶴の主・角右衛門がやってきた。やわらかい物腰で、両手をついて挨拶をした。

「なんでも尹三郎親分さんのことだそうですが、お使いの方でしょうか……」

角右衛門は役者のように整った顔をあげて、伝次郎を見た。

「そうではない。おれは、尹三郎にからむ話がある、と昨夜いっただけだ」

女中がお茶を運んできたので、伝次郎は口をつぐんだ。

「では、どんなご用で……」

女中が去ると、角右衛門が先に口を開いた。

「利兵衛という上方から戻ってきた男を知っているな」

角右衛門の顔が急にかたくなった。

「利兵衛は、この店の乗っ取りを企てていた。主も掛け合いに応じているので知っているだろうが、利兵衛は主に断られたので、この店の尻持ちをしている駒留の尹三郎に話を持ちかけた」

「お待ちを……」

角右衛門は断って、背後の襖を閉めた。人に聞かれたらまずい話だと察したのだ。

伝次郎はつづけた。

「尹三郎との話はうまくいきそうだったが、結局は流れた」

「流れた……。それはどういうことで……」

角右衛門は目をまるくした。

「どうやら尹三郎は、利兵衛の話を信用しなかったようだ。たしかに利兵衛の考えには旨みはあるが、それは先を見越したことで、じつのところどう転ぶかわからない。尹三郎はかなうかどうかわからない絵空事《えそらごと》より、たしかな実入りを選んだというところだろう。つまり、この店の尻持ちをやっていたほうが手堅いとな」

「あ、あの、沢村様はいったい親分さんや利兵衛さんとはどんな関係で……」

もっともな疑問だ。伝次郎は尹三郎と利兵衛を呼び捨てにしているし、利兵衛の企みを知っているのだから。

「利兵衛が尹三郎を口説くときに、付き添いを頼まれた。それだけのことだ。もっとも、あの男は話がうまく進めば、他にも利用する肚だったのだろうが……。だが、おれが知りたいのはそういったことじゃない。主、おまえさん刺客を雇っていないか」

伝次郎は相手を射竦《いすく》めるように、目に力を入れた。案の定、角右衛門は狼狽えた。

白い顔が青くもなった。

「利兵衛の暗殺を企てているなら、すぐにやめさせることだ。もはや、あの男はこの店には手出しできない。もし、ちょっかいを出せば、尹三郎が黙っていないはずだ」

「話が流れたのはいつのことです？」

「昨日だ。そんなことより、どうなのだ。利兵衛の命を狙っているんじゃないのか。利兵衛は一度襲われている」

「そ、それは……」

角右衛門はあきらかに動揺していた。視線を忙しく泳がせてから言葉をついだ。

「親分さんに、この店のことで利兵衛さんから話が持ち込まれたと聞いたのです。どんなことだか、親分さんは詳しく話されませんでしたが、わたしはこのままでは危ない。親分さんがもし利兵衛さんの肩を持つようなことになったら、この店がつぶされると思ったんです」

「だから、どうしたというんだ」

伝次郎は身を乗りだすなり、角右衛門の襟をつかんだ。

「もし、この店が乗っ取られるようなことになったら……わたしは、もう生きてはいけません。親から継いだ大事なこの店を守ることができなければ、女房も子供も、いえ奉公人たちも途方に暮れるしかありません。そんなことはあってはならない。わたしはみんなを守るために、店を取られてはならない。そのためにわたしは、どうすればいいかずいぶん頭を悩ませました。楽しそうにしている店のものたちの顔を見るたびに、この幸せを奪われてはならない。不幸にしてはならないと……」

「そんなご託《たく》はあとまわしだ。ようは刺客を雇ったかどうかだ」

「……や、雇いました」

角右衛門は細い声を漏らしてうなだれた。伝次郎は襟をつかんでいた手を離した。

「すでに利兵衛の命を取ったというのではないだろうな」

「いいえ、もしそうならすぐに知らせが入ることになっています」

その言葉に、伝次郎は少しだけ安堵した。

「主、これはここだけの話にしてもらいたいが、おれは元御番所の同心だ。もし、利兵衛が殺されれば、角右衛門、おまえには殺しの罪が着せられる。大事なこの店も、それで終わりになる」

角右衛門は真っ青な顔になって、ぽかんと口を開いた。

「早く刺客を止めなければそうなる。誰を雇った？」

「……」

「いえ」

「無縁坂の栄蔵という人です」

伝次郎は内心で舌打ちした。栄蔵のことは少なからず知っている。強請で食っている質《たち》の悪いやくざだ。

「栄蔵が動いているのか……」

「さ、さようです。ひとりではないと思うのですが……」

「いまどこにいるかわかるか？」

「いいえ」

角右衛門はすっかり顔色を失っていた。

「栄蔵を止めるしかない。そうしなきゃ、おまえさんは罪人になる」

「あ、あの、このことは誰にも……」

「黙れッ。老舗の料理茶屋の主が殺しの片棒を担ぐとは、とんだ不届きだ。だが、間に合えば、おまえの首はつながる」

伝次郎はさっと立ちあがった。

「どうされるんで……」

「利兵衛を助けるしかないだろう」

「沢村様、お願いいたします。わたしはなんでもいたします。どうか、どうか栄蔵親分を止めてくださいませ」

角右衛門はすがるような、情けない顔を向けてきた。

「止めるしかないだろう」

伝次郎はそのまま竹鶴を出た。

四

問題は利兵衛がどこに身をひそめているかだった。無縁坂の栄蔵は一度、利兵衛を襲っているが、しくじっている。つぎはへたは打たないはずだ。しかし、栄蔵も利兵衛の居場所がわからず探しているはずだ。

さらに栄蔵は手下を使っているはずだ。先日、利兵衛を襲ったのも、その手下だったのかもしれない。

伝次郎は大川を下ると、昨夜同様に仙台堀に入った。ここも昨日とちがい、舟の往来が多かった。河岸道には人が行き交っている。天秤棒を担いで走る魚屋がいれば、風呂敷を抱えた商家の小僧が急ぎ足で橋をわたる。茶店の前で立ち止まって、挨拶を交わしている老人。薬箱を担いだ行商人が立ち止まって、額と首筋の汗をぬぐっていた。

伝次郎は昨夜と同じところに舟をつけると、利兵衛の家に行った。栄蔵かその手下がいないかと、目を光らせるが、見知った男はいなかった。

利兵衛の家は昨夜のままだった。伝次郎が壊した猿もそのままだ。ためしに戸を開いて、声をかけたが、返事はなかった。

眉間にしわを彫って、路地を振り返った。

(どこに行きやがった)

近所のものに聞いてもわからないだろう。どうやったら居場所を突き止められるだろうか。伝次郎は無精《ぶしょう》ひげの生えた顎をさすった。利兵衛と付き合いのある人間はいないだろうかと、頭をめぐらし、記憶の糸をたぐり寄せる。

河岸道に来て、ふと思いだした店があった。利兵衛が初めて自分の舟に乗り込んできたときのことだ。あのとき、話がしたいと誘われて入った店があった。亀久橋《かめひさばし》のそばにある小体《こてい》な料理屋で、利兵衛が贔屓《ひいき》にしていた店だ。

この刻限に店が開いているかどうかわからないが、行ってみることにした。たいした距離ではないので、舟をそのままにして河岸道を歩いていると、その店はすぐにわかった。

暖簾も掛かっていなければ、戸も閉まっていた。だが、戸に手をかけて訪《おとな》いを告げると、奥から間延びした返事があり、すっかり髪のうすくなった亭主があらわれた。

「店はまだですが、なにかご用でしょうか？」

「つかぬことを訊ねるが、ここに利兵衛という男が来ていたと思うが知っているな。じつはおれも一度来たことがあるんだが……」

亭主は小さな目を見ひらき、伝次郎を見て首をかしげた。総髪から髷に結いなおしているので思いだせないのかもしれない。伝次郎はつづけた。

「じつは利兵衛を探してるんだが、どこにいるかわからないか？」

「どこって、うちのほうにいらっしゃいませんか」

「昨夜から家を空けているようなんだ」

「さて、それじゃどこに行かれたか、手前にはわかりかねますが……。それにここ半月ほどお見えになっていませんので……」

「西平野町の家の他に、住まいがあるようなことを聞いていないだろうか」

「そんなことは、さあ、聞いてませんね」

亭主は小さな目をぱちくりさせて、奥にいるらしい女房に声をかけた。利兵衛さんが他に家を持っているようなことを聞いたことないか、と聞いてくれる。

「利兵衛さんって、大坂の話をするあの利兵衛さん……」

女房が出てきて、首をかしげながら伝次郎を見た。

「住まいのことは聞いてませんけどねえ。そんな話は出ないし……。精次郎さんという人ならわかるかもしれませんよ」

女房はぱっと目を輝かせたが、伝次郎はここでの聞き込みは無駄だとわかった。

舟に戻ると、そのまま仙台堀から大川に出て、小名木川に入った。高橋のそばにも一軒、利兵衛と入った店があったのを思いだした。

川政の舟着場の前に来たとき、雁木《がんぎ》に腰かけていた佐吉《さきち》という船頭が声をかけてきた。

「よう伝次郎さん、なんだい今日は仕事やってねえのか」

「野暮用《やぼよう》が多くてな」

「聞いてたが、いい舟じゃねえか」

佐吉は立ちあがって、伝次郎の舟を眺めた。

「ああ、いい舟だ。急ぐからまたよ」

「あれー、伝次郎さん、その髷はどうしたんです」

佐吉の声が追いかけてきたが、伝次郎は応じ返さず、高橋をくぐった先の舟着場で、舟を降りた。

行ったのは高橋の南詰めにある料理屋だった。暖簾が掛かっていて、春日屋《かすがや》という文字が看板に走っていた。

店に入ったが昼前なので、客はいなかった。奥から「いらっしゃいませ」という声が飛んできて、若い女中があらわれた。

「つかぬことを聞くが、ここに利兵衛という男が昨夜来なかっただろうか」

「利兵衛さん、どちらの利兵衛さんでしょう」

目の大きな女中は、しばたたくたびに音がしそうな睫毛《まつげ》の持ち主だった。

「住まいは西平野町なんだが……」

伝次郎はそういって、人相を話した。

「昨夜でしたら、わたしはいなかったので、女将さんを呼んできます」

奥に下がる女中を見て、伝次郎はふうとため息をついた。

店は掃除が行き届いていた。客を迎える支度は万全のようだ。この店で、伝次郎は初めて、利兵衛が大坂でどんな商売をやっていたかを聞かされたのだった。

「利兵衛さんとおっしゃるかどうかわかりませんが……」

女将がさっきの女中といっしょにやってきた。

「四人のお侍を連れていた人なんじゃないでしょうかね」

女将は髷に挿している簪を整えながらいう。

やはり、利兵衛は来ていたのだ。精次郎の他に、雇った用心棒を三人連れていたはずだからまちがいないだろう。

「たぶん、それだ。連れのひとりは少し崩れた感じのする男で、あとの三人は浪人の風体だったはずだ」

「それじゃ、やっぱり奥にいたお客さんですよ」

「昨夜、給仕しているときに、そいつらの話を聞いたりしなかっただろうか」

「さあ、どうでしょう。わたしじゃわかりませんね。昨夜あのお客の世話をしていたのは、おすみという子で、いま使いに出ています。すぐに帰ってくるとは思うんですが……」

「それじゃ飯をもらおう」

昼には少し早かったが、すませられるときにすましておこうと考えた。

鰈《かれい》の煮付けと黍魚子《きびなご》の佃煮、そして味噌汁とたくあん。伝次郎は、さして腹は減っていなかったが、味付けがいいので、あっさり平らげてしまった。

食後の茶を飲んでいると、使いに行っていたおすみという女中が戻ってきた。

伝次郎が女将に話したことと同じことを繰り返すと、おすみは酒や料理を運んだり下げたりするときに、いくつかの話を聞いたといった。

「なんだか密談をしているみたいで、聞いちゃ悪いと思ったんですけど、わたし耳がいいんです」

おすみは悪びれたふうでもなくつづけた。

「つぎの手を打たなきゃならないとか、どこに移るとかそんな相談をされてました。そんなことをさんざん話してて、よく肥えたお客さんが、大島町《おおじまちょう》でいいと何度かいってました。くどいようにいってたので覚えてるんです」

「大島町……〝おおしま〟ではなく〝おおじま〟といったのだな」

大事なことだった。

「おおしま」町なら深川蛤町《はまぐりちょう》のそばで、「おおじま」町なら小名木川の北にある上大島町《かみおおじまちょう》のことだろう。

「はい〝おおじま〟です。それから釜《かま》屋がそばにあるとか……そんなことをいってたような……」

おすみは小鳥のように首をかしげたが、伝次郎はやはり小名木川の上大島町だと思った。上大島町には、鍋釜などを製造する有名な釜屋がある。

「いろいろ邪魔をしたな。女将、勘定だ」

伝次郎は多めに金をわたして舟に急いだ。

五

伝次郎は必死に棹をさばいた。舟は勢いよく、ぐいぐい進む。日射しが強くなっているので、額に浮かぶ汗が頰をつたい、顎からしたたる。ときおり、視界を切るように飛ぶ燕を見るが、周囲の景色は見えていなかった。

伝次郎はそれだけ気を急かしていた。利兵衛を助けなければならない。見放してもいい男だが、もし、利兵衛が殺されれば、その先に多くの不幸が待ち受けている。

竹鶴角右衛門が訴えた言葉が妙に重みとなっていた。

――店を守ることができなければ、女房も子供も、いえ奉公人たちも途方に暮れるしかありません。そんなことはあってはならない。わたしはみんなを守るために、店を取られてはならない。……店のものたちの顔を見るたびに、この幸せを奪われてはならない。不幸にしてはならない……。

角右衛門は目に涙をにじませて、そんなことを口にした。刺客を雇ったのは、切羽《せっぱ》詰まったあげくの選択だったのかもしれないが、角右衛門の思いはよくわかる。

人には奪われてはならないものがある。守らなければならないものがある。しかし、道を誤れば、すべてを失うことになる。

利兵衛と無縁坂の栄蔵が、単に殺しあいをするだけなら、放っておいてもよい。だが、止めなければならない。竹鶴に関わっている多くの者が不幸になるのだ。

大きな騒ぎにならないために、利兵衛を救おうと思っていた伝次郎の気持ちは、いつしか変わっていた。それは角右衛門に会ったからかもしれない。

見事な枝振りで有名な一本の松がある九鬼《くき》家下屋敷の前を過ぎると、伝次郎は舟足をゆるめた。周囲の河岸道に注意の目を注いだ。

河岸道には菅笠を被った百姓が歩いているだけだった。遠くの道には二人の武士の姿があったが、それは立派な身なりであるから、利兵衛の雇った用心棒でも栄蔵の手下でもないはずだ。

日射しにきらめく小名木川の先に陽炎が立ち、ゆらゆらと揺れている。遠くの空はあくまでも青い。

伝次郎は首筋の汗をぬぐって、ゆっくり舟を進めた。駒留の尹三郎を後ろ盾にして、竹鶴乗っ取りを考えていた利兵衛の思惑はかなわなかった。話が流れたことに、利兵衛は大きな自信をなくしたのかもしれない。その衝撃は小さくなかったはずだ。もはや、柳橋を江戸一番の花街にしようという野望は消えたも同然だ。竹鶴に対抗する店を作っての乗っ取りも、竹鶴が尹三郎一家の庇護《ひご》を受けているかぎり難しいことだろう。

(それとも、他のことを考えているのか……)

利兵衛のことだから、それもあるかもしれない。

伝次郎は大島橋の先、弥兵衛《やへえ》の渡しと呼ばれる渡船場のそばに舟をつけて、河岸道にあがった。腰には愛刀をぶち込んでいる。日射しを避けるために菅笠を被った。

釜屋の前から十間川を北へ向かう。土地のものはこの川を釜屋堀《かまやぼり》と呼んでいる。

しばらく行くと町屋が切れ、すぐに百姓地となり家はまばらになってくる。

伝次郎はそんな家にも、静かな眼差しを向けた。利兵衛は命を狙われていることを知っている。見通しのきく家を隠れ家にしているかもしれない。

しばらく行って引き返し、今度は河岸道を東へ向かった。履物屋や安っぽい一膳《いちぜん》飯屋《めしや》、茶店、あるいは万《よろず》屋などが並んでいる。ここは江戸の郊外だから、あまり繁盛しているようには見えない。

上大島町の先は下大島町だ。小店が並んでいるだけである。対岸には牧野《まきの》家や松平家の下屋敷がある。そっちの道は閑散としている。

伝次郎は下大島町の町屋が途切れると、踵を返した。無駄なことかもしれない、という思いがちらりと頭をかすめる。

利兵衛たちは高橋のそばにある春日屋で、「おおじまちょう」という言葉を何度か口にしている。春日屋の女中はそう聞いているが、じつはここではなく他の町にひそんでいるのかもしれない。もし、そうなら伝次郎には探す手立てがない。

釜屋堀に架かる大島橋をわたった。周囲に注意の目を向けながら、商家の二階や路地を眺める。利兵衛や精次郎どころか、不審な影など見あたらない。

伝次郎は一軒の茶店に入った。麦湯をもらい、目の前の河岸道を行き交う人を見る。いつしか蟬《せみ》の声がしていることに気づいた。その鳴き声はまだ少ないが、着実に盛夏が近づいていることを知らせている。

伝次郎は茶店の女に、利兵衛や精次郎の人相を話して、見かけなかったかと聞いたが、首は横に振られるだけだった。同心時代のように、人相書や似面絵《にづらえ》を作っていれば、探索はもう少し捗《はかど》るだろうが、いまは闇の中で空《くう》をつかんでいるようなものだった。

歩きまわるのをやめ、別の茶店の床几に腰かけて周囲を警戒した。ときどき町屋の裏にまわり、長屋を見廻ってもみた。

そうやっているうちに、刻はどんどん過ぎ、いつしか日は西にまわり込み、日射しがやわらぎ、人の影が長くなっていった。

(どこだ、どこにいる)

伝次郎は鷹《たか》の目になって、河岸道を歩き、商家や閉まっている居酒屋に注意を払った。

ひょっとすると、利兵衛は息を殺して、表を見張っているのかもしれない。

(いや、ここではなく、もっと手前の町屋かもしれない)

伝次郎の頭に、ふとそんな考えが浮かんだ。

利兵衛は春日屋を出て上大島町に向かったかもしれないが、途中で気が変わり、上大島町へ行くのを取りやめ、別の場所にひそんだのか。

(もし、そうであれば、どこだ?)

伝次郎は舟に乗り込み、小名木川を逆行した。

行徳船《ぎようとくぶね》とすれ違い、空《から》の平田舟《ひらたぶね》に追い越された。両岸には大名家の下屋敷や旗本の屋敷が門をかまえている。人通りは少ない。

身を隠すとすれば、やはり町屋だろう。すると、大横川沿いの町屋かもしれない。なんの根拠もないが、この辺は勘でしかない。

猿江橋《さるえばし》手前に船会所がある。その舟着場から一艘の小舟が出ていった。その舟と、左手の大横川から出てきた猪牙舟が、危うくぶつかりそうになった。

船頭ではなく、猪牙舟の客が小舟の船頭に怒鳴り声をあげて去っていった。伝次郎は船会所の近くに舟をつけて、背後に去っていった猪牙を見やった。

客は三人だったが、いずれもやくざ風情だった。

伝次郎は菅笠を持ちあげて、その舟を見送った。傾いた日射しを受けるその猪牙はすでに遠ざかっていたが、伝次郎ははっとなった。

（栄蔵では……）

無縁坂の栄蔵に会ったのはもうずいぶん昔のことだが、その体つきはなんとなく覚えている。さっき、怒鳴り声をあげた男が、いまになって栄蔵だったような気がする。

伝次郎は急いで舫をほどき、舟を大きく旋回させて、再び小名木川を東へ走らせた。

六

「そこでいいだろう」

源六《げんろく》が船頭にいうと、舟は下大島町に入ったすぐの河岸地につけられた。栄蔵は気前よく船頭に酒手をはずんで舟を降りた。そのあとに虎松《とらまつ》という子分がしたがった。

船頭は揃ったように険悪《けんあく》な形相の、なんとなく色めき立った三人に臆しているのか、無駄な話もせず、深く頭を下げて礼をいった。

その朝、無縁坂の栄蔵は、源六と虎松を連れて海辺橋際の船宿に入り、虎松を利兵衛の家の見張りに立てていた。

昨夜から利兵衛が家に帰っていないことはわかっていたが、行き先が不明だった。竹鶴の角右衛門から暗殺の依頼を受けている手前、なんとしてでも約束を果たさなければならない。栄蔵はうまく利兵衛を殺すことができたら、そのあとも角右衛門から金を強請り取れると算盤をはじいている。

角右衛門は人を殺すように頼んだ男だ。それだけで、強請の種になる。つまり、栄蔵はすでに角右衛門の弱みをつかんだも同じだった。

竹鶴といえば柳橋の老舗の料理茶屋、近所には、河内《かわち》屋とか亀《かめ》屋、あるいは梅川《うめかわ》といった一流の料理屋があるが、竹鶴は群を抜いていて、他を寄せつけない繁盛店である。そんな店の主を餌にできるのだ。

依頼の殺しは、なんとしてでも成功させなければならなかった。見張りをしていた虎松が、連絡場にしていた船宿に駆け込んできたのは、つい先刻のことだった。利兵衛の隠れ家を突き止めたというのだ。ひとりの男が利兵衛の家にやってきて、驚いたように引き返していった。虎松がそのあとを尾けていくと、そこに利兵衛が身を寄せている家があったのだ。

「どっちだ？」

栄蔵は案内をする虎松に苛立《いらだ》った声をかけた。

「こっちです。もういくらもありませんよ」

虎松が振り返っていう。上の前歯が三本欠けている顔が、西日を受けていた。町屋の裏に出ると、もうそこは境界のない百姓地だった。青い稲田がさわさわと揺れている。

「あの屋敷の裏です。雑木林の奥に一軒家があるでしょう」

虎松が指をさして教える。雑木林の隙間越しに藁葺《わらぶ》き屋根の百姓家があった。越後《えちご》高田《たかだ》藩・榊原《さかきばら》家抱《かかえ》屋敷の裏側だった。

栄蔵は、こりゃあ都合がいいと思った。めざす家は目立たないところにあるし、周囲には人の姿もない。

「いるとわかってりゃ、躊躇うことはねえ。さっさと片づけて、ずらかるんだ」

栄蔵は足を急がせて、腰に差している長脇差《ながどす》の柄をしごいた。

噴き出る汗もかまわず猪牙を疾走させた伝次郎は、下大島町の河岸地につくと、ひらりと舟を飛び下りて河岸道にあがった。栄蔵と思われる男の乗っていた猪牙は、すでに引き返していた。

その舟から下りたのは三人。先を急ぐように、町屋の路地に切れ込んで見えなくなったが、伝次郎は見失うまいと駆けた。

一本の路地に駆け込んで、裏道に出ると、目の前はだだっ広い田地だった。一方に榊原家抱屋敷がある。その東側に雑木林があり、木々の隙間に人の姿が垣間見えた。伝次郎は眉間にしわを彫って、目を凝らした。

さっきの三人だった。すでに刀を抜いている。そして、すぐそばに藁葺きの百姓家があった。

むんと口を引き結んだ伝次郎は、地を蹴って駆けだした。木々の隙間に男たちの姿が垣間見える。彼らはすでに百姓家の庭に達していた。

雑木林を縫う間道を出たとき、百姓家から男が飛びだしてきた。そして、栄蔵らが百姓家の中に躍り込んでいった。

「野郎、邪魔するんじゃねえ！」

栄蔵の仲間が怒鳴り声を発して、利兵衛の用心棒と刃を交えた。鋼《はがね》同士のぶつかる音が空にひびき、屋内からもわめき声が聞こえてきた。

伝次郎は庭に駆け込むなり、腰の刀を抜いた。

「やめろ、やめるんだ！」

制止させようとしたが、すでに利兵衛の用心棒と、栄蔵ら刺客は入り乱れるようにぶつかり合っていた。

縁側に利兵衛が姿をあらわしたが、おろおろしながら逃げ場を探している。伝次郎は、斬り合っている一組の男たちの間に入って、

「やめねえかッ！　これは無駄なことだ」

そういって諭したが、両者は聞きはしない。

「まだ、仲間がいやがったか」

そういって、斬りかかってきたのは上の前歯のない男だった。

伝次郎は撃ち込んできた相手の刀を左へ摺《す》り落とし、柄頭で顎を打ち砕いた。

「うげぇ……」

男の口から血の筋といっしょに欠けた歯が宙を舞った。新たに歯をなくした男は、後ろに傾いて大地に倒れた。

「助太刀か」

そういったのは利兵衛の用心棒のひとりだった。

「殺しあいは無駄だ。やめるんだ」

「あんたは……」

伝次郎はその問いには答えず、すぐそばで組み合っている男たちを引き離した。ひとりは利兵衛の家で留守番をしていた川島新七郎だった。

「あ、あんたは」

新七郎は気づいたが、もうひとりが伝次郎に突きを送り込んできた。

とっさに下がってかわした伝次郎は、右八相に構えて、この戦いは無駄で、竹鶴角右衛門が刺客の依頼を取り下げたと告げた。しかし、相手は聞く耳を持っていなかった。

青眼《せいがん》に構えたまま、摺り足を使って間合いを詰めてくる。恐れる相手ではなかったが、伝次郎は臍下《せいか》に力を入れて、相手の動きを警戒した。

男は鷲鼻《わしばな》で、顎がとがっていた。そのとがった顎から汗がしたたり落ちている。

伝次郎がゆっくり刀を下げると、それに合わせて袈裟懸けに撃ち込んできた。

横に払って素早く青眼に構えると、男は驚くような俊敏さで逆袈裟に刀を振りあげ、さらに胴を抜こうと、刀を振り切った。

だが、いずれも伝次郎の体をかすりもしなかった。目標を失った男の刀はただ単に空を切るだけで、そのたびに体勢が崩れた。伝次郎はその隙を逃さずに、一歩踏み込むと、刀を持つ男の手首を刎ねるように斬った。

「うわぁ……」

悲鳴といっしょに、刀をつかんでいた手首が宙を舞って地に落ちた。男もいっしょに膝からくずおれ、獣じみた悲鳴をまき散らしながら大地を転げまわった。

伝次郎はそれにはかまわず、栄蔵のそばに立った。栄蔵は利兵衛を庇うように立っている用心棒とにらみあっていた。

「栄蔵、刀を引け」

伝次郎の声で栄蔵がちらりと見てきた。いったい誰だという目をした。

「無縁坂の栄蔵、おれを忘れたかッ。刀を引くんだ」

伝次郎は怒鳴るなり、栄蔵の刀を棟《むね》を使って打ちたたいた。はっとした顔で栄蔵が振り返る。あっと、驚いたように目をみはった。

その間に、利兵衛を庇っていたひとりが栄蔵に斬りかかったので、伝次郎はその刀を摺りあげて、腹を蹴って倒した。

「やめろ、やめるんだ！　これは無駄なことだ。栄蔵、竹鶴角右衛門は刺客仕事を取り下げた。もはや無駄なことだ」

「なんだって……そりゃほんとうかい。でも、なんであんたがここに……」

栄蔵は利兵衛たちと伝次郎を忙しく見て問うた。

「利兵衛、刀を引かせろ。血を流しても無駄なことだ。栄蔵、てめえも刀を引くんだ。さもなければ、おれが容赦せぬ。てめえのようなやつは死んでも、誰も悲しんだりはしねえからな」

「ひでえことをいいやがる」

栄蔵は悔しそうに口をゆがめるが、伝次郎を知っているゆえに刃向かってはこれない。

「でも、なんで旦那がこんなとこにいるんだ」

「そんなことはどうでもいい。刀を引け」

伝次郎はそういって、利兵衛の用心棒たちを見た。利兵衛が二人の用心棒に、伝次郎の言葉にしたがうように指図した。

栄蔵があきらめたように刀を下げれば、利兵衛の用心棒も刀を下げた。

「栄蔵、おとなしく引きあげるんだ。てめえは約束どおり竹鶴から金をもらっておとなしくしてりゃいい。だが、今後竹鶴を強請ろうとしても無駄なことだ」

栄蔵は白毛交じりの太い眉を動かした。

「竹鶴は駒留の尹三郎一家が後ろ盾になっている」

「げッ、そりゃほんとうのことで……」

「強請を稼業にしているおめえが、そんなことも知らなかったか。たわけがッ。長生きしたかったらさっさと去《い》ねッ」

「ひッ、そんな怒鳴らなくたって……」

栄蔵は猪首《いくび》を亀のように縮めて下がった。伝次郎がもう一度早く行けというと、二人の子分を連れて、こそこそと帰っていった。

その三人が庭を出てゆくと、伝次郎は利兵衛を見据えた。

「おれがいまいったように、あいつらを雇ったのは、竹鶴角右衛門だ。だが、それは無駄なことだった。これまでと変わらず、駒留の尹三郎一家が後ろ盾になるからだ。そのことは利兵衛、おまえさんも昨日わかったはずだ。しかし、角右衛門はまだそのことを知らなかった。だからさっきのやつらが命を狙っていたんだ」

「そういうことでしたか……」

額に汗の粒を浮かべていた利兵衛は、ようやく肩の力を抜いた。

「とにもかくにも、おまえさんの計画は実を結ばなかったというわけだ」

伝次郎は刀を鞘に戻してつづけた。

「野心を持つのはいいだろうが、人は金だけじゃ動かない。そのことがわかったはずだ。おまえさんは汗を流して金を稼いできたんだろうが、人としてもっとも大事なことを忘れていたらしい。此度のことを肝に銘じてやりなおすんだな。それからもらっていた金を返しておく」

伝次郎は懐に忍ばせていた金包みを、利兵衛に放った。利兵衛が取り損ねたので、金包みは足許に落ち、ばらばらと小粒（一分金）が散らばった。山吹色《やまぶき》をした小粒は、きらきらと夕日をはね返した。

「あんたは江戸には向かないのかもしれねえな。もう一度大坂にでも戻って、出なおすことだ」

伝次郎はそういうと背を向けて、百姓家をあとにした。だが、庭の外れまで来て、利兵衛が声をかけてきた。黙って振り返ると、

「伝次郎さん、いまおっしゃったことですが、人として大事なことってなんでしょ

う？」
と、問いかけた。
伝次郎は口辺に冷ややかな笑みを浮かべた。
「それがわからねえようじゃ、あんたには大きなことはできねえだろう」
伝次郎はそのまま自分の舟に戻った。
しばらく舟梁に腰かけて、遠くに視線を投げた。小名木川に夕日の帯が走ってい
た。それは、千草がいったように紅に染まっていた。
ふと、千草の顔が瞼の裏に浮かんだ。
――夕日の帯がきれいでしょう。だから紅川。わたしと兄が勝手につけたんです
けど……。
千草がそういって、ひょいと首をすくめて微笑したのは、つい先日のことだった。
たしかに小名木川は、紅川と呼ばれてもいいかもしれない。大川から中川《なかがわ》へ、ま
っすぐ東西に走る小名木川は、夕日の位置できれいな色に染まる。
「紅川か……」
声に出してつぶやいた伝次郎は、腰をあげると、尻端折りをし、襷をかけて棹を

つかんだ。そのままゆっくり舟を出す。

もう急ぐことはなかった。流れにまかせるように、棹を動かして、西日に包まれた周囲の景色を眺めた。

町は平穏だ。燕たちが楽しそうに飛び交っている。河岸道には仕事帰りらしい職人たちの姿が目立つようになっている。

途中で大横川に入った。明日から腰を据えて仕事をしなければならない。すっかり利兵衛に振りまわされてしまったが、もうあの男に煩わされることもないだろう。

伝次郎は憑《つ》き物《もの》が落ちたような心持ちになっていた。舟を浮かべる川と同じように、穏やかな暮らしをしたいと、心の底から思った。

竪川に入ったときには、日が沈んでいた。茜色に染まっていた空は、群青《ぐんじよう》に変わり、次第に暗く翳っていった。軒行灯に火を入れる気の早い店があり、小さな灯火がところどころに見えるようになった。

七

「伝次郎さん」

河岸道から声をかけられたのは翌朝、伝次郎が舟に乗り込んですぐだった。振り返ると、急ぎ足で千草が雁木を下りてくる。

「木更津《きさらづ》河岸までやってください」

「いったいどうしたんだ？」

普段なら千草はまだ寝ている時分である。

「兄さんの船が出るんです」

「船？」

「あれからいろいろ話をしていたんですけど、昨日、お糸さんと定吉がやってきて、急に話がまとまりまして、それで鶴牧に帰ることになったんです」

「どういうことだ。とにかく乗ってくれ」

伝次郎は千草を舟に乗せて、その経緯を聞いた。

一度、弥一郎の妻・お糸は息子の定吉を連れて鶴牧に帰ったが、そこであれこれ算段をしたらしい。その苦労の甲斐があって、手習所《てならいじょ》を兼ねた剣術道場を開けるようになったという。

「そりゃあ目出度いことじゃないか」

「はい。兄さんもやっと自分らしく生きていけると喜んでいます。伝次郎さんには一度しか会っていないけれど、いい人に出会った。そのときいわれた厳しい言葉が胸に応えた。でも、礼をいいたいといっておりました。挨拶をして帰りたいといっていたのですが、急に今日の船に乗ることが決まったんです。なんだか慌ただしいんですけど、わたし、やっぱり伝次郎さんにもう一度会ってもらいたくて」

「かまわねえさ」

伝次郎は六間堀を下って小名木川から大川に出た。

「それにしても手習所と道場をやるんだったら、相応の元手がかかるんじゃないか」

「わたしもそれを心配したんですけど、城下に親切な商家があって、そこの離れを使えることになったらしいのです。剣術の稽古はその離れの前にある庭を使えばすむそうです」

「ご新造がなにもかも決めてきたのか」

「おとなしい人ですけど、案外しっかりした人なんでしょう」

「思わぬ内助《ないじょ》の功《こう》ってわけか」

舟は大川を横切ると、中洲を脇に見て日本橋川《にほんばしがわ》に入った。そのまま舟を上らせ、木更津河岸に向かう。日本橋川には漁師舟が目立った。江戸一番の魚河岸があるからだ。

木更津船の出る木更津河岸は、その対岸にあった。江戸橋をくぐったすぐ先である。

三百石《こく》積みの船は、出港の準備を整えているようだった。猪牙を降りた伝次郎と千草が桟橋に近づくと、弥一郎が先に気づいてそばにやってきた。

「これは沢村さん……連れてきたのか……」

弥一郎は伝次郎から千草に顔を向けた。先日会ったときより、顔に覇気《はき》が感じられた。

「仕事がうまくまとまったそうで、なによりです」

「ありがとう存じます。急に話がまとまりまして、まさかこんなことになるとは思いもいたさぬことでしたが、胸をなで下ろしています」

言葉どおり、弥一郎の表情は穏やかになっていた。また、その目には輝きがあった。

(この男は本来こういう顔をしているのだな)

伝次郎はそう思った。

「しかしながら先日は大変失礼いたしました。見苦しいことをいったりもして、いまさらながら恥ずかしいかぎりです」

「気にすることはありません。そちらがご新造で……」

伝次郎は幼い子を連れている女を見て聞いた。

「さようです。お糸、昨日話した沢村伝次郎さんだ。挨拶を」

いわれたお糸が丁寧に頭を下げて、

「いろいろとご迷惑をおかけしたようで、申しわけございませんでした」

といった。

おとなしげな顔で細い声だった。だが、見た目とちがい芯はしっかりしているのだろう。定吉をうながして、挨拶をさせた。こちらは父親の血を引いているらしく、なかなか利かん気の強そうな面構《つらがま》えだった。

その定吉に千草が餞別《せんべつ》だといって小遣いをわたして、あれこれと話しかけた。

「弥一郎さん、いいご新造を持ってよかったですな」

「まったくです。三行半《みくだりはん》を突きつけてやると脅したわたしは、馬鹿でございました」

「そう気づかれてよかったではありませんか。あなたは妻と子を守らなければならない。一家の主とはそういうもんでしょう。かくいうわたしはその妻と子を亡くしていますが、妻子を守ることがいかに大切であるかは、よくわかっているつもりです」

「なぜ、そんなことに、まだお若かったのでは……」

「まあ、そのことはまたお目にかかったときにでも、ゆっくりお話ししましょう」

「是非、聞かせてください」

弥一郎がそういったとき、船頭が船を出すと大きな声で告げた。

「手習所と剣術道場を兼ねるらしいですが、きっとやり甲斐があるでしょう」

「田舎ですから学問をしようというものは少ないですが、それでも志の高いものがいるのもたしかです。ひとりでも多く、そんなものたちを集めたいと思います」

「きっと集まりますよ」

伝次郎は頬をゆるめて弥一郎を眺めた。

「沢村さん、妹のことをよろしくお頼みいたします」

弥一郎は定吉と話をしている千草を見て、伝次郎に顔を戻した。

「いや、まあそれは……」

千草が自分たちのことをどう話しているかわからない手前、伝次郎は口ごもった。しかし、弥一郎はなにもかも見透かしているような、やわらかな眼差しを向けてきた。

船からもう一度声がかけられたので、弥一郎はもう行かなければならないといって、頭を下げた。

「どうかお達者で」

「暇ができたら一度、鶴牧を訪ねましょう」

「是非、そうしてください。では」

弥一郎はそのまま妻と子をうながして船上の人になった。

伝次郎と千草は岸壁に立って木更津船を見送った。弥一郎とお糸、そして定吉は船縁に立ち二人を見ていた。やがて船がゆっくり岸壁を離れると、三人は深々と頭を下げた。

「兄さん、しっかりね！　お糸さん、お達者で！　定吉、また会いましょう」

千草が声を張りあげた。

船が離れてゆくと、千草は江戸橋まで駆けていった。伝次郎もあとを追いかけた。木更津船は江戸橋をくぐり抜け、ゆっくり日本橋川を下ってゆく。三人が手を振っていた。千草も伝次郎も手を振り返した。

「兄さん、負けちゃだめよ。もう愚痴をこぼしに来ちゃだめですからねえ」

千草に応じるように、弥一郎は何度もうなずいた。

「ほんとですからね」

つぶやくようにいったが、千草は涙ぐんでいた。伝次郎はその姿を見て、兄妹愛の深いことを知った。

「いい兄さんではないか……」

伝次郎がいうと、千草が目尻をぬぐって顔を向けてきた。

「また、兄さんに説教されましたか？」

「馬鹿、そんなことをするはずがない」

「でも、なにかおっしゃってたわ。なにを話してたの？」

「なんでもない。つまらぬことさ」

伝次郎は誤魔化すように笑って、木更津船に視線を戻した。もう船は遠くに離れていて、巻き下ろされていた帆が、ゆっくり上げられていた。

その白い帆布《はんぷ》が、高くなりつつある朝日に輝いた。

光文社文庫

文庫書下ろし／長編時代小説

紅《くれない》川《がわ》疾《しつ》走《そう》　剣客《けんきゃく》船頭《せんどう》(九)

著　者　稲《いな》葉《ば》　稔《みのる》

2014年3月20日　初版1刷発行
2025年4月10日　2刷発行

発行者　三　宅　貴　久
印　刷　大　日　本　印　刷
製　本　大　日　本　印　刷

発行所　株式会社　光　文　社
〒112-8011　東京都文京区音羽1-16-6
電話　(03)5395-8149　編　集　部
8116　書籍販売部
8125　制　作　部

落丁本・乱丁本は制作部にご連絡くだされば、お取替えいたします。
ISBN978-4-334-76712-9　Printed in Japan

組版　萩原印刷